완벽하지　계속
않아도　달리기로
　　　　　했다

**타인의 속도에 맞추느라 숨 가빴던 당신에게 건네는
가장 나다운 달리기 에세이**

완벽하지 않아도 계속 달리기로 했다

초판 1쇄 인쇄 2026년 4월 20일
초판 1쇄 발행 2026년 5월 11일

지은이 이유선

발행인 신수경
편집 안도연 신효주 | **디자인** 디자인 봄에
영업 용상철 | **제작** 도담프린팅
발행처 드림셀러
등록 2021년 6월 2일(제2021-000048호)
주소 서울 관악구 남부순환로 1808, 615호 (우편번호 08787)
전화 02-878-6661 | **팩스** 0303-3444-6665
이메일 dreamseller73@naver.com | **인스타그램** dreamseller_book

ISBN 979-11-92788-63-0 (03810)

완벽하지 않아도 계속 달리기로 했다

한계를 정해 놓고 포기하든, 한계를 뛰어넘기 위해 부딪히든 본인의 선택이다. 하지만 그 선택의 결과가 인생에 얼마나 큰 파동을 가져올지는 도전해보지 않고는 알 수 없다.

인생에 불쑥 끼어든
달리기란 녀석

어렸을 때 체육시간을 참 싫어했다. 운동 신경이 없으니 뭐든 배우는 데 느렸고, 체력이 약해 조금만 움직여도 금방 지쳤다. 어떤 아이들은 답답한 교실에서 탈출하는 그 시간을 손꼽아 기다렸지만 나는 천천히, 아니 영영 오지 않기를 간절히 바랐다.

체육에 대한 미움이 정점을 찍은 건 중학교 2학년 때였다. 체육 선생님은 수업 시작 전 우리에게 오래달리기를 시키고선 어디론가 사라지셨다. 그늘 한 점 없는 땡볕, 올림픽 주경기장보다 더 넓게 느껴지던 운동장, 벌겋게 일그러진 얼굴, 돌덩이라도 메어놓은 듯한 무거운 두 다리…. 앞서가는 아이들과 점점 멀어지더니 어느새 내 뒤엔 아무도 없었다. 제대로 나아갈 수도, 그렇다고 멈출 수도 없는 상황. 그렇게 달리기는 인생

14년 차에 접어든 내게 최대의 시련을 안겨주었다.

학교를 졸업하고 체육시간이 없어지니 달리기에 대한 미움도 자연스럽게 사그라들었다. 드넓은 운동장을 보며 마음 졸이지 않아도 되는, 학창 시절에 그토록 꿈꿔왔던 삶이었다. 앞으로 내 인생에 달리기와 엮일 일은 절대 없을 거라고 자신했다.

그런데… 인생이 어디 뜻대로만 흘러가던가. 그 녀석이 내 인생에 다시 불쑥 끼어들었다. 아주 쌀쌀한 어느 가을날, 그것도 한국이 아닌 아일랜드에서. 이제부터 그 녀석의 이야기를 시작해볼까 한다.

차례

1장

아일랜드에서 시작된 달리기 –

길을 잃은 자리에서 무작정 달렸다

 서른한 살. 직장을 그만두고 아일랜드 더블린으로 어학연수를 떠났다. 6개월의 어학연수를 마치고 곧이어 대학원에 들어갔다. 학업에 뜻이 있었냐고? 전혀 아니다. 대학원을 졸업하면 2년 비자를 준다는 말에 혹했다.

그런데 계획에 없던 대학원 진학은 내 삶을 송두리째 바꿔놓았다. 한 학기 학비를 내고 나니 계좌가 텅텅 비었고, 생활비를 벌기 위해 태국 식당에서 밤늦은 시간까지 아르바이트를 해야 했다. 피곤에 쩌들어 얼굴엔 생기가 없었고, 영어로 진행

12

되는 학교 수업에서는 꿀 먹은 벙어리가 됐다. 거기다 아일랜드의 음울한 겨울 날씨까지 가세하면서 계절성 우울증이 찾아오고 말았다. 결국 대학원은 한 학기 만에 자퇴했다. 결혼자금이었던 전세금까지 빼서 다녔건만 이력서에 넣을 한 줄조차 되지 못했다.

그래도 논문과 학비 압박에서 벗어나니 조금은 숨통이 트였다. 그사이 계절은 겨울에서 봄으로, 봄에서 여름으로 바뀌었다. 5월에 남자친구와 결혼을 약속했고, 7월에는 이탈리아에서 결혼식을 올렸다. 3주 후에 아일랜드로 돌아왔는데, 밤 9시가 되어도 해가 밝게 떠 있었다. 공원 잔디밭에 앉아 핑크빛 노을을 바라보며 생각했다.

'아일랜드가 이렇게 예뻤었구나….'

삶의 고단함이 걷히니 비로소 아름다운 것들이 눈에 들어왔다.

그렇게 모든 것이 제자리로 돌아온 줄만 알았다. 그러나 오후 5시면 해가 지는 10월 말이 되자 마음속에 숨어있던 우울감이 스멀스멀 올라왔다. 아침에 일어나 먹구름 가득한 잿빛 하늘을 보면 새로운 하루가 전혀 기대되지 않았다. 해가 내려가고 어둠이 깔리면 나의 하루도 끝을 향해 갔다. 침대 위에서 스마트폰을 보다 졸리면 잠들었고, 일어나서 배고프면 밥을 먹었다. 생활 반경은 방, 화장실, 부엌. 5미터도 채 되지 않았다.

여느 때처럼 침대에 딱 붙어 뒹굴거리고 있던 날, 남편이 느닷없이 달리자고 했다. 걷는 것조차 버거운데 달리기라니…. 말도 안 되는 이야기였다.

"싫어. 무슨 달리기야. 날씨도 추운데…."

"한 번만 나가서 달려보자. 계속 안 달려도 돼. 일단 오늘 한 번만 뛰어보는 거야."

남편의 간절한 설득 끝에 겨우 엉덩이를 뗐다. 운동복이랄 것도 없어서 가지고 있는 것 중 가장 가벼운 옷으로 갈아입고, 운동화를 신고 문을 나서 엘리베이터를 타고 1층에 도착해 밖을 나가기까지… 한 시간 이상이 걸렸다. 누군가에게는 1분도 안 걸릴 일이 내게는 왜 이렇게 어려울까.

'어휴, 날씨는 또 왜 이렇게 추워.'

밖을 나오자마자 발바닥에서부터 정수리까지 짜증이 확 솟구쳤다.

'지금이라도 다시 들어갈까?'

몇 번을 생각했지만 여태 씨름하다 나온 게 아까워서라도 일단 뛰어보기로 했다.

처음에는 5분 정도 걸었다. 그리고 페어뷰 공원이 눈에 들어올 때쯤 천천히 달리기 시작했다. 페어뷰 공원은 D3 Dublin 3(더블린의 우편번호 구역 중 하나로 더블린 북부와 동부 일부)에 사는 사람들에게 안식처다. 한눈에 다 담을 수 없을 정도로 넓은 잔디밭이 펼쳐졌고, 공원 중간과 가장자리에는 몸통이 굵고 잎이 내 허리춤까지 내려오는 나무들이 공원을 지키는 수호자처럼 서 있었다. 햇살이 내리쬐는 날에는 잔디밭에 벌러덩 누워 하늘을 올려다보곤 했다. 누워서 느릿느릿 흘러가는 구름을 보면, 시간도 천천히 흘렀다.

'아… 이대로 시간이 멈췄으면 좋겠다.'

온몸이 나른해지고 꿈을 꾸는 것 같았다. 그런데 그 천국 같던 공원은 사라지고, 눈앞에 전혀 다른 풍경이 펼쳐졌다. 해는 어디로 갔는지 코빼기도 보이지 않고, 빛이 없으니 온 나무들이 생기를 잃은 것 같았다. 으르렁거리는 바람에 나뭇잎들은 맥없이 흔들렸고, 산책하는 사람 하나 보이지 않아 공원은 더욱 을씨년스러웠다.

달린 지 5분이 지났을까. 온몸 여기저기서 그만 달리라고 아우성쳤다.

"나… 더 이상은… 못 뛰겠어…. 헉헉… 날씨도 춥고…. 진짜… 너무 힘들어….”

“조금만 더 달려보자. 그리고 정 안 되겠으면 그때는 걸어도
돼.”

“아니야…. 지금 안 멈추면… 죽을 것 같아…. 더는 못 뛰
어….”

요동치는 심장을 가라앉히는 데 한참이 걸렸다. 숨이 너무
빨리 차올라 제대로 숨을 쉴 수 없었고, 가슴은 금방 뻐근해졌
다. 바람은 어찌나 차던지 귀는 꽁꽁 얼었고, 머리 곳곳을 누
가 바늘로 찌르는 것 같았다. 몸의 입장에서 보면, 달리기는
한밤중에 휘몰아친 봉기였다. 잠잠히 있다가 갑자기 혈액을
근육과 장기로 부지런히 보내야 하니 심장에게도 참 고달픈
하루였으리라.

그때의 나는 하기 싫은 것투성이었다. 직장을 구하는 것, 사람
을 만나는 것, 영어를 쓰는 것, 누군가를 만나면 괜찮지 않은데
도 괜찮은 척하는 것, 운동하는 것, 제대로 챙겨 먹는 것, 예쁘
게 단장하는 것, 미래에 대해 생각하는 것, 그리고 사는 것. 그
런데 하고 싶은 것을 세는 데는 다섯 손가락도 필요 없었다.

지금 와서 달리기를 시작한다고 갑자기 내 인생에 그럴듯한

변화가 일어나거나 이 무기력함의 늪에서 당장 벗어날 수 있을 거라고 기대하지 않았다. 하지만 가늘게나마 내 몸에 희망을 걸어보았다. 온갖 요령을 피우는 나와는 달리 몸은 정직하며, 그럴 만하다면 반드시 내게 보상을 줄 것이라고. 하기 싫은 것에서 적어도 '사는 것'은 지워볼 수 있을 거라고.

그렇게 10대 시절 그토록 미워했던 달리기가 30대가 된 나에게 또 다른 시작을 고하고 있었다.

5분 이상 달리는 것이 힘들어 '2+2 플랜'을 세웠다. 즉, 2분 걷기와 2분 달리기를 여러 번 반복하는 훈련이었다.

'이 정도면 해볼 수 있겠는데?'

중간중간 걸을 수 있다는 생각에 자신감이 올라왔다. 2분 걷기가 끝나고 첫 2분 달리기가 시작됐을 때, 100미터를 달리는 것처럼 있는 힘껏 질주했다. 1분은 그럭저럭 버텼는데, 남은 1분은 숨이 너무 차고 다리가 무거웠다.

"그렇게 처음부터 빨리 달리면 나중에 힘들어져. 처음에 천천히 뛰어야 오래 달릴 수 있어.”

고삐 풀린 망아지 같은 나를 남편이 잡아주었다. 중반을 지나자 달리는 시간이 걷는 시간보다 훨씬 길게 느껴졌다. 걷는 동안 충분히 회복이 안 돼 4분 동안 걷기도 했다. 10년 넘게 운동과 담을 쌓고 살았으니 당연한 결과였다. 달리고 나면 몸 여기저기에서 비명을 질렀고, 의욕만큼 몸이 따라주지 않아 속상했다. 달리면 달릴수록 뿌듯함보다는 그만두고 싶다는 생각으로 마음이 소란해졌다.

‘이렇게 달린다고 무슨 소용이 있을까? 이제 곧 겨울이고, 해는 오후 네 시면 질 텐데…. 난 운동을 제대로 해본 적도 없고 체력도 약하잖아. 아무래도 달리기는 무리야.’

계속 달려야 하는 이유는 땅을 파고 들어가야 겨우 하나 찾을까 말까였다. 하지만 그만둘 이유는 지나가기만 해도 발에 채일 정도였다.

‘내가 바라던 건 이게 아닌데.’

무력감과 우울감은 어딜 가든 따라오는 그림자처럼 떨어질 줄 몰랐다.

“왜 그렇게 추운 나라로 가?”

2016년 봄. 친한 동료들과 친구들에게 아일랜드로 떠난다고 말했다. 그해 초에 방영됐던 프로그램 〈꽃보다 청춘〉 '아이슬란드 편' 때문일까. 그중 몇몇은 아일랜드를 아이슬란드로 착각하고 똑같은 질문을 던졌다.

"아이슬란드가 아니라 아일랜드. 영국 옆에 있는 작은 나라인데 혹시 영화 〈원스〉 봤어?"

주변에 아일랜드가 어디에 있는지, 어떤 나라인지 제대로 아는 사람이 없었다. 나 역시 '유럽 영어 어학연수'라는 키워드로 검색해보기 전까지 영화 〈원스〉의 촬영지 정도로만 알고 있었다. 많은 이들이 왜 많고 많은 나라 중에 아일랜드를 선택했는지 궁금해했다.

그 결정의 씨앗이 된 건 서른 살이 되어 떠난 첫 유럽 여행이었다. 10여 일 동안 반 고흐 미술관이 있는 네덜란드 암스테르담, 루브르 박물관이 있는 프랑스 파리, 친구가 살고 있는 독일 프랑크푸르트를 여행했다.

'지구 안에 이렇게 다른 세계가 공존한다니!'

언어와 음식, 문화와 풍경까지 모든 것이 한국과 다른 유럽에 한시도 눈을 뗄 수 없었다. 무엇보다 가장 마음이 끌렸던 건 무언가에 쫓기지 않는 사람들의 느긋함과 여유로움이었다. 그렇게 유럽에 제대로 홀려 2년 안에 떠나겠다는 목표를 세웠다. 며칠, 몇 주간의 여행이 아니라 꼭 한번 살아보고 싶었다. 유럽에서 '살아봤다'고 말하려면 최소 6개월은 있어야 할 테고, 학생 비자로 6개월 이상 거주할 수 있는 나라를 찾다 보니 이웃 나라 영국보다 저렴한 아일랜드로 좁혀졌다.

작지만 알토란같은 직장, 차곡차곡 쌓이는 경력과 연봉, 친구처럼 속마음을 터놓을 수 있던 동료들…. 호기롭게 결정했지만 막상 안락한 환경에서 벗어난다고 생각하니 조금은 두려움이 밀려왔다. 출국을 몇 주 앞두고 친한 언니와 여행을 떠났는데 언니가 내 손을 잡으며 말했다.

"유선아, 가서 힘들면 언제든지 돌아와. 알았지?"

"그럼요. 저 가자마자 돌아올지도 몰라요. 하하!"

언니의 그 말이 꽁꽁 언 손을 녹이는 핫팩처럼 따뜻하고 다정했다. 그래서 잠시 흔들렸다.

'한국을 떠나는 게 맞는 걸까? 가서 잘 지낼 수 있을까?'

그러나 이번이 마지막 기회인 것만 같았다. 다른 사람들을 의식하지 않고, 정말 내가 살아보고 싶은 대로 살 수 있는 기회. 한국을 잠시 도망치는 거나 다름없었지만 아무래도 상관없었다. 누가 알겠는가. 새로운 땅에서 인생이 전혀 예상치 못한 방향으로 흘러가게 될지.

그렇게 해서 추운 아이슬란드가 아닌 초록초록한 아일랜드에서 그토록 바라던 유럽살이를 시작했다. 그러나 아일랜드는 이정표를 잃어버린 이방인에게는 한없이 혹독하고 낯선 땅이었다. 대학원을 졸업하지 못했다는 열패감은 취업에 대한 두려움으로 이어졌다. 나처럼 부족한 사람은 번듯한 직장에서 일할 수 없을 거라 단정했다. 어느 날 남편에게 울부짖으며 말했다.

"우리… 제발 여기 떠나자. 날씨도 너무 춥고, 앞이 너무 안 보여. 내가 여기서 어떻게 직장을 구할 수 있겠어. 한국에서는 여기보다 빨리 구할 거야. 그러니까 제발, 한국으로 가자. 제발…."

처음에는 안타까워하며 위로해주던 남편도 똑같은 하소연이 반복되자 차분하고 냉정하게 말을 꺼냈다.

"정말 한국에 가면 달라질 거라고 생각하는 거야? 그냥 현실에서 도피하고 싶은 건 아니고?"

"…."

속마음을 들키고선 아무 말도 하지 못했다. 이런 마음이라면 한국에 가도 달라지지 않을 거라는 건 누구보다 잘 알고 있었다.

오후 4시만 되어도 어둑어둑해지고 시린 칼바람으로 비니 없이는 밖에 나갈 수조차 없는 아일랜드의 겨울. 내게 첫 우울증의 경험을 안겨준 그 계절이 성큼성큼 다가오고 있었다. 무언가를 해보겠다는 의지와 활력마저 사치처럼 느껴지는 이 겨울에 난 무엇을 위해 달리기를 시작했을까. 보통의 사람들처럼 자기 효능감을 느낀다거나 모든 걱정을 훌훌 털어버릴 수 있을 정도까지는 바라지 않았다. 그저 마음속 굳게 박혀 있는 미래에 대한 걱정, 아무것도 할 수 없을 것 같은 이 무력감에서 조금이라도 벗어날 수 있기만을 바랄 뿐이었다.

조금만 달려도 심장이 쿵쾅대고, 다리는 무거워지며, 집에 돌아오면 송장처럼 뻗어버리는 것이 심상한 나날이었다. 더블린 골목, 한쪽 낡은 벽에 겹겹이 붙어있는 공연 포스터들처럼 마음에 덕지덕지 붙은 불안, 걱정, 우울, 염려는 한 번에 잘 떨어지지 않았다.

그래도 달리면서 좋은 것이 딱 하나 있었다. 달릴 때만큼은 몸이 제일 가벼웠다. 추위를 많이 타서 일 년 내내 기모 점퍼와 양말을 벗을 수 없었는데, 달리면서 몸에 열이 올라오고 굽은 어깨가 저절로 펴졌다. 으슬으슬 떠는 것이 싫어 안에서든

밖에서든 하나라도 더 껴입는 게 습관이었는데, 달리기를 마
치고 나서는 당장 민소매로 갈아입고 싶었다. 잘 때 빼고 손
에서 놓지 않는 스마트폰도 집에 두고 나왔다. 달릴 때는 그저
무겁고 거추장스러운 방해물일 뿐이었다.

한 발, 그리고 또 한 발을 내딛으며 간절히 바랐다. 아일랜
드를 떠나는 날이 오더라도 그것이 도피가 아니기를. 매일 안
개 속에서 걷는 것 같지만 언젠가 안개가 걷힐 날도 있을 거라
는 미량(微量)의 기대와 함께. 2년 전 캐리어 두 개를 끌고 더
블린 공항에 도착했던 나에게 부끄럽지 않도록, 이제는 조금
더 용기를 내보고 싶어졌다.

 11월에 들어서자 거리는 일찌감치 크리스마스트리와 조명으로 반짝였다. 겨울 공기는 스산했지만, 크리스마스를 기다리는 사람들의 얼굴에는 설렘이 가득했다. 낮 최고 기온이 10도 아래로 떨어지고, 새하얀 입김이 나오는 계절에도 우리는 달리기를 멈추지 않았다. 달리는 시간은 점차 늘어나 2분에서 4분, 4분에서 6분이 됐다. 여전히 중간에 걷기는 했지만 6분 동안 쉬지 않고 달리게 된 것이 나름의 발전이었다.

달리기를 거듭할수록 동네 러너들과 마주치는 일이 자연스

러워졌다. 예전에는 보이지 않던 러너들이 이제는 어디서나 가장 먼저 눈에 들어왔다. 부끄러워서 입 밖으로 외치지는 못했지만 마주 오는 러너에게 속으로 Hello, 하고 인사를 건넸다. 그들도 우리처럼 페어뷰 공원에서 달리거나 골목길 사이를 누비며 자유롭게 달렸다. 집에서 페어뷰 공원으로 가는 길에는 동네에서 제일 큰 리들 슈퍼마켓이 있었고, 바로 앞 건물 2층에는 스타벅스가 있었다. 장을 보거나 커피를 마시러 매일 지나다니는 길이 우리의 달리기 코스가 됐다.

멀게만 느껴지던 달리기가 이렇게 일상 깊숙이 들어올 줄이야. 불과 몇 주 전까지만 해도 상상할 수 없던 일이었다.

어느 운동 하나 제대로 마음먹고 해본 적 없는 내게 스포츠는 완전히 동떨어진 세계였다. 스포츠를 생각하면 기본적인 신체 역량과 의지, 적합한 장소, 걸맞은 옷과 신발, 필수 도구 등 여러 필요조건부터 떠올랐다. 어디 이뿐인가. 테니스나 탁구처럼 혼자 할 수 없는 스포츠라면 같이 할 사람이 필요하고, 실내 클라이밍 같은 기본 지식이 요구되는 스포츠라면 돈을 내고 배울 수 있는 곳을 찾아야 한다. 운동을 좋아하지 않는 나 같은 사람이 이 허들을 넘어 기꺼이 시작할 리가 만무했다.

하지만 남편은 정반대였다. 아일랜드에 오기 전부터 했던 실내 클라이밍을 아일랜드에서도 꾸준히 이어갔다. 실내 클라이밍이야말로 앞서 나열한 필요조건이 충족되어야 하며, 고소공포증이 있는 내가 가장 피하고 싶은 운동 1위였다. 결혼하고 짐을 옮기는데 남편의 클라이밍 물품이 한가득 나왔다. 클라이밍 신발부터 초크백, 하네스(허리 벨트와 다리 고리가 달려 로프와 연결하는 안전 장치), 로프, 카라비너(스프링 갈고리 모양의 안전 장치) 등 평생 보지도 못한 물건들이었다. 게다가 전용 안경도 있었다. 일반 안경과는 달리 렌즈가 사각뿔대 모양인 신기한 안경이었다. 시력이 좋은 남편이 안경을 쓸 리는 없고, 무슨 기이한 물건인가 싶어 물어보니 빌레이 안경이었다. 이 안경을 쓰면 아래에서 줄을 잡고 조절하는 사람이 목을 뒤로 젖히지 않고도 등반자를 볼 수 있었다. 클라이밍 체육관에서 대여할 수 있는 것들이지만, 모두 자신의 것으로 가지고 있는 남편의 열정에 혀를 내두르고 말았다.

나도 무언가에 꽂혀본 적은 많았지만, 건강에 대해서는 무심했다. 옷, 신발, 가방, 전자제품, 여행 등 돈을 쓰면 즉각적으로 변화가 보이고 만족감을 주는 것들에 온통 신경이 가 있었다. 20대 때 쓴 돈과 에너지의 반의반만이라도 건강에 투자했다면, 지금의 나는 어떻게 달라져 있을까. 정말 소중한 것의 가치는 늘 뒤늦게야 깨닫게 되니 참 얄궂은 인생이다. 드라마 〈미생〉 8화에서 바둑 선생님은 어린 장그래에게 "이기고 싶다면 네 고민을 충분히 견뎌줄 몸을 먼저 만들라"고 조언한다. 그땐 무슨 말인지 정확히 몰랐다. 인생에서 필요한 것은 고민을 없애는 것이 아니라, 그것을 견딜 수 있는 체력이라는 것을. 20대 때 체력을 만들어 놓지 않으면 30대가 되어 뭘 해보려 해도 힘에 부칠 수밖에 없다는 것을.

달리기에게 고마웠다. 정식으로 배우지 않아도, 러닝화가 없어도, 트랙이 있는 육상경기장이 아니어도 걸을 수 있다면 누구나 시작할 수 있는 운동이었다. 아파트 정문을 열자마자 주로가 시작됐고, 삶의 흔적이 묻어 있는 평범한 길이 달리기 코스가 됐다. 마지못해 시작했고, 여전히 툴툴대며 달리는 초보 러너지만, 달리면 달릴수록 부족한 내 모습 그대로도 충분히 괜찮다며 누군가가 어깨를 툭툭 쳐주는 것 같았다. 변덕이 심해 무엇 하나 꾸준히 하지 못했던 나는 좋아하는 것을 오래 이어가는 사람들이 참 부러웠다. 다른 사람들이 알아주지 않아도 진심으로 좋아하고 즐기는 것이 하나라도 있다면 인생이 꽤 근사해지지 않을까?

그것이 달리기가 될지, 다른 어떤 것이 될지 아직은 잘 모르겠다. 계속 달리겠다는 오늘의 다짐과 달리 내일은 마음이 바뀌어서 이불 밖을 나오지 않을지도 모른다. 지금은 러닝화도 없이 '그냥' 달리는 어설픈 러너다. 그래도 기왕에 시작한 이상 마음속에 작은 기대를 품어 보았다.

'계속 달리다 보면 언젠가는 마음속에 품고 싶은 것이 무언가 하나는 생길 거라고.'

이후 무려 1년 반 동안 달리기를 쉬었다. 결국 작심한 달로 끝난 해프닝이었다. 겨울이 시작되자 우려했던 대로 이런저런 핑계만 늘어났다. 날씨가 너무 추워서, 해가 빨리 떨어져서, 감기 기운이 있어서, 이사할 집을 보러 가야 해서, 기분이 우울해서, 그냥 아무것도 하기 싫어서….

한 달 동안 열 번이나 달렸지만 겨울 달리기는 여전히 두렵고 버거운 숙제였다. 결국 동면에 들어간 곰처럼 달리기를 멈췄고, 봄이 되어서도 굴 밖으로 나오지 않았다.

사실 달리기뿐만이 아니었다. 바이올린, 연기, 캘리그라피, 요가, 춤도 마찬가지였다. 반짝 흥미가 생겨 도전했다가 하나같이 한 달 이상 가지 못했다. 이런 전적 때문에 나는 뭐 하나 끈덕지게 해내지 못하는 사람이 되었고, 달리기 역시 그렇게 스쳐 간 것 중의 하나일 뿐이었다.

달리기는 멈췄지만 1년 6개월이라는 시간 동안 많은 변화가 있었다. 집을 두 번이나 옮겼고, 장염으로 입원까지 했다. 살면서 겪은 가장 심한 장염이었는데, 방바닥에서 떼굴떼굴 구르다가 결국 앰뷸런스에 실려 응급실까지 갔다. 해외에서 살면서 인종차별을 당하는 것과 병원에 실려가는 것만큼은 피하고 싶었지만, 역시 인생은 좋은 방향으로나 나쁜 방향으로나 예상대로 흘러가지 않았다.

그러다 코로나19가 확산되면서 아일랜드를 포함해 전 세계가 들썩였다.

"뉴스 봤어? 아일랜드에서도 첫 확진자가 나왔대."

"이탈리아에서 왔다며? 이제 순식간에 퍼지는 거 아니야?"

아일랜드에서 첫 확진자가 나온 다음 날, 출근한 동료들과 나의 신경은 온통 코로나19 관련 뉴스에 가 있었다. 아시아, 유럽, 남미, 아프리카 등 다양한 나라에서 온 동료들은 멀리 떨어져 있는 가족들을 걱정했고, 대중교통을 타는 것이 겁난다며 걱정을 늘어놓았다. 첫 확진자가 나온 후에도 회사에서 별다른 대책을 내놓지 않자 동료들은 불만을 쏟아내기 시작했다.

"다들 재택근무로 들어갔다는데, 우리 회사는 왜 이렇게 조용해?"

내가 다니는 회사는 아무런 언질도 없었다. 매니저들에게 물어봐도 확답을 주지 않으니 직원들 사이에선 불안감만 고조됐다. 내심 재택근무가 현실이 된다는 게 조금 두려웠다. 수백 명의 직원들이 집에서 일해야 할 만큼 상황이 악화되었다는 뜻이니까. 결국 며칠 후 더블린에서도 확진자가 나왔고, 정부는 직장인들에게 재택근무를 하라는 공지를 내렸다. 집에서 안전하게 일할 수 있어 안도감이 들었지만 동료들과 정이 들어서 아쉬운 마음도 컸다.

"Please stay safe(안전하게 잘 지내)!"

사무실에서 짐을 챙기느라 분주한 가운데서도 서로의 눈을 맞추며 인사를 건넸다. 이 시간을 잘 이겨내고, 사무실에서 다시 만날 수 있기를(물론 온라인으로는 계속 보겠지만) 진심으로 바랐다.

내 몸통보다 더 큰 컴퓨터 모니터를 아기 안듯이 들어서 집 안까지 옮겼다. 거실 식탁 위에 떡 하니 자리를 차지한 모니터가 너무나 낯설게 느껴졌다. 이 생경함은 이전과 다르게 흘러갈 삶의 시작을 알리는 전조였다.

낮에는 텅 비어있던 집이 그날부터 모든 생활이 이루어지는 공간이 됐다. 삼시세끼를 집에서 해 먹었고, 일도 운동도 집에서 했다. 모든 레스토랑, 카페가 문을 닫고 사람들을 만날 수 없으니 장을 보거나 산책하는 것이 아니면 밖에 나갈 일이 없었다. 코로나19가 가져온 단조로운 생활은 몸에도 영향을 미쳤다. 최소 8시간 동안 매일 의자에 앉아서 일하는 데다 생활 반경까지 좁아지니 몸이 둔해졌다. 시간을 정해놓고 운동을 하는 것도 아니어서 살이 붙기에 딱 좋은 조건이었다.

어느 날, 화창한 봄을 맞아 인터넷으로 바지 하나를 샀다. 오매불망 기다리던 새하얀 바지를 보니 마음까지 환해지는 것 같았다. 평소에 입던 사이즈라 잘 맞을 것이라고 생각했는데, 큰 오산이었다. 설레는 마음으로 종아리부터 집어넣고 쭉 올리는데 허벅지에서부터 꽉 끼었다. 엉덩이와 골반에서 위기를 겨우 넘긴 후 단추를 잠갔는데, 위장이 눌리고 꼬이는 느낌이 들어 다시 풀어버렸다. 바지와 전투를 치르느라 빨개진 얼굴이 거울에 비쳤다.

그 순간 정신이 퍼뜩 들었다. 재택근무로 느슨해진 나의 삶에서 돌려놓아야 할 것이 있고, 돌아가야 할 곳이 있다는 것을. 돌아가야 할 곳이 '달리기'라는 것을 깨닫는 데는 그리 오랜 시간이 걸리지 않았다.

집에서 할 수 있는 운동도 많았지만, 날씨가 좋아서 조금이라도 더 자주 밖에 나가고 싶었다. 매일 하는 동네 산책을 달리기로 바꾸면 되니 그리 어려운 일은 아니었다. 다만 오랫동안 달리지 않아 서먹하고 어색했다. 마치 연락이 끊긴 고등학교 동창을 길에서 우연히 만난 것처럼.

"오랜만에 달리는 거니까 천천히 가자. 안 달린 지 너무 오래됐어. 충분히 워밍업을 한 다음에 2분 달리고 2분 걷는 걸로 시작해보자."

그렇게 다시 시작한 2분 달리기와 2분 걷기. 달리기를 맨 처음 시작했던 날로 다시 돌아간 것 같았다. 하지만 나는 완전히 달라져 있었다. 지금의 직장을 구하면서 삶의 안정감이 생겼고, 다양한 나라에서 온 동료들과 일하며 영어로 소통하는 것이 더욱 편해졌다. 1년 반 전엔 우울증을 떨쳐보려고 시작했던 생존 달리기였는데, 이젠 단조롭고 느슨한 삶을 깨워주는 활력 달리기가 됐다.

햇살이 따스하게 내리쬐는 5월. 기분 좋은 봄바람을 맞으며 힘차게 발을 내딛었다. 시작하기 전 워밍업을 위해 먼저 4분 동안 걸었다. 근처에 있는 핀스버리 공원을 가로질러 집까지 돌아오는 코스였다. 오래 쉬어 버린 몸이 충분히 적응할 수 있도록 무리하지 않고 천천히 달렸다.

"와, 저 집 정원 너무 예쁘다!"

집주인의 예사롭지 않은 조경 솜씨에 눈이 휘둥그레졌다.

"저 집은 사람이 사는 집 맞나? 정원이 너무 지저분한데."

주택가를 지나면서 집들의 정원을 구경하는 재미가 쏠쏠했다. 사뿐한 바람에도 살랑이는 알록달록한 꽃들부터 웅장하고 고고한 나무들까지 집주인의 취향이 가득 묻어났다. 주변 풍경을 하나씩 눈에 담았다. 잘 달려야 한다는 압박이나 구체적인 목표는 없었다. 그저 온전히 즐기고 싶었다. 다른 운동처럼 작심한 달 이벤트로 묻힐 뻔한 위기를 무릅쓰고, 다시 내 일상으로 들어온 달리기를.

당시 코로나19가 언제 끝날지 아무도 몰랐다. 하지만 이 거대한 불확실 속에 확실한 것 하나를 얻었다. 결국 만날 인연은 다시 만난다는 것. 보통은 사람과의 관계에서 쓰는 말이지만 달리기와 내가 그랬다.

돌고 돌아 그렇게 우린 다시 만났다.

 달리기를 다시 시작하고 보름이 지난 어느 날 남편이 작은 상자 하나를 내밀었다.

"열어봐. 꼭 필요한 거야."

생일도 기념일도 아닌데 웬 선물? 선물받는 일이야 언제나 반갑지만 다소 뜬금없었다. 포장지를 뜯어보니 상자 겉면에 떡 하고 정체가 드러났다. 바로 스마트워치였다. 제대로 달리려면 스마트워치가 있어야 한다는 남편의 말을 여러 번 흘려듣자 본인이 직접 사버린 것이다. 아담하고 귀여운 시계에 계속 눈길이 가면서도 동네 한 바퀴 도는 수준인데 굳이 필요할까, 라는 생각이 머릿속에 계속 맴돌았다. 그러자 남편이 말했다.

"일단 한번 써 봐. 왜 꼭 필요하다고 했는지 알게 될 테니까."

처음엔 달리면서 시계를 힐끗힐끗 쳐다보는 것이 어색하고 불편했다. 시계 없이 자유롭게 달렸으면 좋겠는데 선물로 받은 것이니 안 찰 수는 없고…. 선물한 사람이 서운하지 않을 만큼만 차고 달리다가 슬쩍 숨겨놓을 심산이었다. 그런데 한 주, 두 주가 지나자 오히려 시계 없이는 달릴 수 없게 되어 버렸다.

사용 방법을 완전히 터득하고 나서는 이 작디작은 물건에 온갖 기능이 들어있는 것에 감탄이 흘러나왔다. 시시각각 변하는 페이스와 심박수를 확인하며 비로소 내 몸에 맞는 달리기를 즐길 수 있었다. 더 이상 들쑥날쑥 느낌대로 달리지 말고 나만의 달리기 루틴을 만들어봐야겠다는 생각이 들었다.

어느 평일 늦은 오후, 업무를 마치고 밖으로 나갔다. 해가 뉘엿뉘엿 저물고 있었고, 공기는 적당히 쌀쌀해 달리기에 더없이 좋은 날씨였다. 많은 사람들로 북적이는 더블린 시내와 달리 내가 사는 동네는 사람이 사는 곳이 맞나 싶을 정도로 늘 조용하고 한적했다. 집 근처에는 여러 개의 공원이 있고, 공원으로 이어지는 여러 갈래의 길이 있었지만, 이날은 왼쪽 방향으로 가보기로 했다. 양쪽으로 집들이 늘어선 내리막길을 지나 오른쪽으로 꺾었는데, 60대쯤으로 보이는 아이리시 아저씨가 갑자기 인사를 건넸다.

"니하오!"

'잠깐, 니하오라고?'

"아임 코리안"이라고 말할 틈조차 없던 찰나의 순간이었다. 아저씨가 자전거를 타고 바람처럼 스쳐 지나간 후 수많은 생각이 팝콘처럼 튀어 올랐다.

'처음 있는 일도 아니잖아, 그냥 넘겨버려. 아니지, 그래도 내 외모만 보고 중국어로 인사한 거잖아. 저 아저씨 인상만 좋지, 엄청 무례하네. 동양인은 다 중국인이라는 거야? 도대체 동양인만 보면 무턱대고 중국어로 말 거는 서양인들의 심리는 뭐야? 외모가 비슷하다고 내가 이탈리아 사람에게 스페인어로 인사하지는 않잖아. 대체 왜 그래?'

역시나 생각은 좋은 방향으로 흘러가지 않았다. 처음 겪은 것도 아니었지만 겪어도 겪어도 익숙해지지 않는 일이었다. 아무리 상대의 본심이 호의와 친절함이었다고 해도 동양인이니 중국인일 거라고 단정 짓는 것 자체가 내 심기를 건드리기에 충분했다.

동시에 몇 년 전에 일어났던, 너무 수치스러웠던 기억이 떠올랐다. 더블린에 온 지 몇 달쯤 지났을 때였다. 약속 장소로 가려고 시내로 가는 버스 왼쪽 뒤편에 앉아 있었다. 그런데 갑자기 오른쪽 자리에서 "니하오"가 들렸다.

주변을 둘러보니 동양인은 나 혼자였고, 10대 무리가 '니하오'와 f로 시작하는 욕을 섞어가며 이죽거리고 있었다. 순식간에 온몸이 얼어붙었다. 목뼈가 부러진 것처럼 오른쪽은 아예 쳐다볼 수도 없었다. 결국 버스가 다음 정류장에 서자마자 재빠르게 내렸다.

'하아….'

참고 있던 깊은 한숨이 새어 나왔다. 이렇게 대놓고 조롱의 대상이 된 적이 내 인생에 있었던가. 모멸감이 온몸을 타고 흘렀다. 외국인, 동양인, 여자라는 이유로 쉽게 표적이 되지만 정당한 사과를 받을 길은 없었다. 나보다 훨씬 어린 10대들이고, 철이 없을 때라고 이해하려 해도 그 이죽거리던 얼굴이 좀처럼 잊히지 않았다.

그때와 비교하면 해맑은 얼굴로 건넨 아저씨의 '니하오'는 솜털처럼 가벼운 것일지도 모른다. 하지만 아무리 가벼운 솜

털도 상처를 스치면 아프다. 아저씨의 한마디가 끄집어낸 건 내가 애써 피하려 했던 '나와 그들은 다르다'라는 마주하고 싶지 않은 인식이었다.

얼굴이 벌겋게 달아오른 채 온 동네를 뛰어다니는 나는 확실히 눈에 띄는 존재였다. 호기심이 많은 어린 아이들은 달리고 있는 나를 거리에서 또는 집 정원에서 한참 빤히 쳐다보기도 했다. 그래서 남편 없이 혼자 달리면 입어야 할 옷을 미처 다 입지 못한 사람처럼 부끄러움이 올라왔다. 이런 상황에선 달리 방법이 없었다. 처음엔 낯설고 걸리적거렸던 스마트워치가 없어서는 안 될 존재가 된 것처럼 혼자 달리는 게 익숙해질 때까지는 부딪혀 보는 수밖에 없었다.

혼자서 달리는 횟수를 늘리고, 익숙한 길에서 벗어나 매번 코스를 바꿨다. 그러다 보니 개미 한 마리도 보이지 않는 주택가에서 달리다가 걸어 다니는 사람들과 차가 많은 도롯가로 나가기도 하고, 새로운 길을 누비다가 숨은 공원을 발견하기도 했다. 그렇게 동네 곳곳 색다른 풍경을 즐기며 달리기에 대한 몰입이 높아졌다.

종종 달리는 나를 힐끔 쳐다보는 사람들은 있었지만, 이전처럼 크게 신경 쓰이지 않았다. 한 주, 두 주가 지나고 한 달,

두 달이 되면서 혼자 달리는 것이 제법 자연스럽고 편한 일상이 됐다.

"네가 춤을 출 때 어떤 기분이니?"

"모르겠어요. 그냥 기분이 좋아요. 조금은 어색하기도 하지만 한 번 시작하면 모든 걸 잊게 돼요. 그리고 … 모든 게 사라져요."

영화 〈빌리 엘리어트〉의 대사다. 주인공 빌리가 오디션을 망치고 오디션장을 떠나기 전, 심사위원에게 마지막 질문을 받는다. 남자는 발레를 하면 안 된다는 사회적 편견, 아버지의 파업, 어머니의 부재, 가난… 빌리는 춤을 출 때 이 모든 족쇄에서 벗어나 한 마리의 새가 되어 날고 있는 자신을 마주한다.

달리기를 시작하고 이 영화를 다시 보니 빌리가 어떤 마음으로 이렇게 대답했는지, 그가 발레를 통해 느꼈던 진정한 자유가 무엇인지 알 것 같았다. 달릴 때만큼은 어딜 가나 눈에 띄는 이방인도, 원어민 앞에서 전전긍긍하는 외국인도 아니었다. 그저 달리는 것이 좋아 달리는, 나란 사람 그 자체였다. 땀으로 젖은 몸, 화장기 하나 없이 발갛게 달아오른 얼굴, 바짝 마른 입술. 거울에 비친 모습을 볼 때마다 내가 이렇게 못생겼었나 싶으면서도 입꼬리는 올라가 있었고, 마음은 벅차올랐다.

그렇게 달리기는 내 안에 새로운 세계를 만들었다. 다른 사
람의 시선이 비집고 들어올 수 없는 '나 자신'만이 존재하는
세계를.

제법 꾸준히 달린다고 말할 수 있을 때쯤 여전히 걸리는 것 한 가지가 있었다. 바로 '비(雨)'였다.

아일랜드에 대해 말할 때는 '비'를 절대 빼놓을 수 없다. 계절별로 비의 양만 다를 뿐 거의 일 년 내내 비가 내리기 때문이다. 그래서 관광객과 아일랜드 사람(또는 아일랜드에 오래 산 사람)을 쉽게 구분할 수 있다.

비 오는 날 우산이나 우비를 쓰고 있으면 관광객, 그냥 맞고 다니면 아일랜드 사람이다. 그들은 비가 와도 당황하는 기색 없이 유유히 제 갈 길을 간다. 종잡을 수 없는 아일랜드 날씨를 겪어본 사람만이 가질 수 있는 여유다.

아일랜드에 온 지 얼마 안 됐을 때, 그러니까 관광객처럼 일기 예보를 꼭 확인하고, 우산을 가방에 넣고 다닐 때의 일이다. 어학원에서 매주 금요일만 되면 돌아가면서 주말 계획을 나눴다. 아일랜드에 익숙해질수록 주말 계획 따위는 없어지는데, 그때만 해도 나는 가보고 싶은 곳이 많은, 어학연수생을 가장한 관광객이었다. 주말에는 근교로 나가보고 싶어서 시내에서 12킬로미터 정도 떨어진 항구 도시, 던레어리를 생각하고 있었다.

"내일 던레어리에 가고 싶은데, 일기 예보를 보니 날씨가 안 좋더라고요. 그래서 아침에 날씨 보고 결정하려고요."

그러자 아이리시 선생님이 씩 웃으며 말했다.

"아일랜드에 살면서 날씨에 맞춰 계획하면 아무것도 못 해. 날씨가 좋든 안 좋든 그냥 해."

과연 아일랜드 날씨는 만만한 상대가 아니었다. 분명 해가 쨍쨍하게 나고 있었는데 순식간에 먹구름이 몰려들어 폭우가 쏟아지거나, 새벽부터 비바람이 세차게 내려 계획을 취소하려고 하면 어느샌가 해가 나면서 무지개가 뜨거나 우산을 쓰기엔 애매하고 그렇다고 맞고 싶지는 않은 가랑비가 내렸다 그

쳤다를 수십 번 반복하기도 했다.

날씨가 만약 사람처럼 인격을 가지고 있다면 아일랜드 날씨는 수십 개의 인격을 가진 다중인격자일 것이다. 한 시간 안에 사계절을 경험할 수 있다는 말이나, 걸출한 작가들이 많이 나온 데는 이런 날씨가 한몫했을 것이라는 우스갯소리도 결코 과장처럼 들리지 않았다.

아이리시 선생님의 말은 달리기에서도 예외가 아니었다. 비가 안 오는 날만 골라 달리기란 쉽지 않았다. 쾌청한 하늘을 보며 나가도 돌아올 땐 비를 쫄딱 맞고 돌아올 수도 있었다. 이런 불확실함은 아일랜드에서 러너로 살아가기 위해(꼭 러너가 아니어도) 감수해야 하는 숙명이다. 어차피 날씨를 바꿀 수는 없고, "또 비야?"라고 불평하기엔 내 입만 아팠다. 달갑지는 않았지만 달리기를 멈추지 않으려면 비와 친해지는 수밖에 없었다.

7월의 어느 늦은 오후였다. 어김없이 달리러 나가려는데 아침부터 내리던 빗줄기가 점점 더 굵어지고 있었다. 창밖을 바라보며 '아무래도 오늘은 안 되겠다'고 생각하던 찰나 내 머릿속에 왔다 간 것처럼 남편이 말했다.

"나가자. 이런 날에 달리면 더 재밌어."

"근데 너무 많이 내리는데? 비 맞으면 추울 텐데…."

달리는 건 좋으나 비 맞은 생쥐 꼴은 되지 않겠다는 나, 달리기가 좋으면 비가 오나 눈이 오나 꾸준히 달려야 한다는 남편. 이 온도 차는 불현듯 내 고등학교 시절의 한 장면을 떠올리게 했다. 남녀공학(그것도 합반)에 다니면서 체육시간을 제일 싫어했던 내가 도저히 이해할 수 없었던 그 장면. 대여섯 명의 남자아이들이 쏟아지는 장대비를 맞으며 축구를 하고 있었다. 교복과 신발이 완전히 젖은 채로 질퍽질퍽한 운동장 위를 거침없이 누볐고, 비가 쏟아지든 말든 얼굴엔 흥분과 희열로 가득했다.

'저렇게 젖은 채로 집에 가려면 얼마나 찝찝할까.'

나는 무엇이 저들을 그토록 행복하게 하는지 알 리가 없었다.

'달리다가 힘들면 멈추고 돌아오지 뭐. 큰일이야 나겠어?'

캡모자를 쓴 후 바람막이에 달린 모자를 덮어썼다. 지퍼를 아랫입술 바로 밑까지 올리고 모자에 달린 끈을 조여 비가 조금도 들어올 틈이 없게 했다.

투둑투둑 투두둑. 굵은 빗방울이 정수리, 어깨 위로 떨어졌고, 빗물은 금세 신발을 적셨다. 초반에는 입이 덜덜 떨릴 정도로 추웠지만 서서히 몸에 열기가 올라오는 것이 느껴졌다.

그리고 얼마 되지 않아 달리기는 '달팽이 피하기 게임'으로 바꾸어버렸다. 그동안 어디에 숨어 있었는지 해가 나는 날엔 볼 수 없던 수십 마리의 달팽이들이 길 위에 모습을 드러냈다.

나는 달팽이를 밟지 않으려고 온 집중력을 발휘했다. 속도를 늦추지 않으면서도 달팽이를 피해 발을 사뿐하게 내딛는 기술이 관건이었다. 길에서 한시도 눈을 떼지 못하며 게임을 즐기는 사이, 나는 쏟아지는 비와 한몸이 되어가고 있었다.

영화 〈쇼생크 탈출〉의 여러 명장면 중 탈옥 장면이 가장 인상에 남는다. 주인공 앤디가 배수구를 빠져나왔을 때 그를 맞이한 건 칠흑 같은 암흑, 천둥 번개, 그리고 거세게 쏟아지는 비였다. 오직 천둥 번개가 번쩍일 때만 드러나는 굵은 빗줄기는 그의 탈출을 훨씬 더 극적으로 만들어준다. 보통이라면 우산으로 피했을 비를 온몸으로 맞아내는 순간, 내가 마치 입고 있던 죄수복을 벗고 하늘을 향해 손을 뻗었던 앤디가 된 것만 같았다. 비는 더 이상 어둡고 찝찝하며 불편한 것이 아니었다. 영화에서처럼 자유이자 해방이었다.

수많은 달팽이들이 길 위로 나와 있는 것을 보며 신기해했고, 내가 빗속에서 누구보다 신나게 달릴 수 있는 사람이라는 걸 깨달았다. 달리기가 아니면 비 오는 날을 이토록 즐길 수 있는 기회가 또 어디 있을까.

비에 흠딱 젖어 꼴은 엉망이 됐지만, 집으로 돌아오는 길 내내 이 생각뿐이었다.

'큰일 났다! 이거 완전 중독될 것 같아!'

처음엔 금방 아물 생채기라 생각했다. 그런데 시간이 지나도 자꾸만 생각나고 가슴이 두근거렸다. 정지 버튼이 고장 난 기계처럼 그 몇 초의 순간이 수없이 반복 재생됐다. 살다 보면 그런 날도 있는 거라고, 그렇게 심각한 실수도 아니었다고, 아무리 가볍게 넘겨보려 해도 이미 마비돼 버린 마음은 자꾸만 나를 실패자로 몰아갔다.

결국 밤새 잠을 이루지 못했고, 아침이 되어서도 요동치는 감정은 가라앉을 줄 몰랐다. 내 몸보다 큰 여러 개의 암석이 나를 사방으로 막고 있는 느낌이었다.

'제발 누군가가 나를 이곳에서 꺼내줬으면….'

한 번도 받아본 적 없는 '심리 상담'이 떠올랐다. 처음으로 심리 상담 앱을 설치해 가장 빨리 예약할 수 있는 한국인 상담사를 찾았다.

"어떤 일로 상담을 신청하셨나요?"

"아일랜드에서 직장생활을 하고 있는데요. 영어를 써야 하는 환경이라서 제 영어에 대한 자격지심이 너무 크고, 이것 때문에 자존감이 많이 낮아졌어요. 어제 클라이언트와 미팅이 있었는데…."

매주 클라이언트와 미팅하기 전에 내부적으로 안건을 정하는 팀 미팅이 있었다. 내가 가이드라인이 명확하지 않은 부분이 있으니, 클라이언트에게 그 기준을 정확하게 요청하자는 의견을 냈다. 동료들이 모두 동의했고, 내 제안은 다음 날 미팅의 안건이 되었다. 클라이언트와의 미팅 날, 주로 미팅을 진행하는 동료가 안건을 하나씩 공유하고 차근차근 설명해 나갔다. 그리고 내가 제안한 안건을 논의할 차례가 되었다.

"유선, 제안한 안건에 대해 자세히 설명해줘."

쿵쿵 쿵쿵 쿵쿵. 심장박동이 급격히 빨라지고 머릿속이 새하얘졌다. 당연히 동료가 설명할 줄 알았는데 무방비 상태에서 폭격을 맞은 기분이었다. 아일랜드에 처음 왔을 때보다는 영어가 편해졌지만, 원어민 클라이언트와의 미팅은 언제나 부담스러웠다. 갑자기 모두의 시선이 내게 쏠렸고, 내 설명을 기다리는 그 순간이 너무나 공포스럽게 느껴졌다.

몹시 떨리는 목소리로, 내가 무슨 말을 하고 있는지도 모른 채 말도 안 되게 얼버무려버렸다. 분명 내가 제안했고, 내가 가장 잘 알고 있는 내용이었는데도 한 문장도 제대로 이어갈 수 없었다. 그리고 1초 정도 아주 짧고 무거운 정적이 지나고 클라이언트 입에서 나온 말은 이랬다.

"What?"

그 짧은 단어가 너무 신경질적이고 날카롭게 들렸다. 그녀의 'What?'은 내 필터를 거쳐 'What the hell are you talking about?(도대체 무슨 말을 하는 거야?)'로 바뀌었다. 온 신경이 마비된 것처럼 미팅에 전혀 집중할 수 없었다. 다른 동료가 재빨리 설명을 더했고, 그제야 클라이언트는 이해했다는 듯 가이드라인을 주었다.

그렇게 미팅은 무사히 끝났지만, 클라이언트에게서 들은 'what'이라는 말은 계속해서 나를 찌르고 있었다.

"안 그래도 영어 때문에 자존감이 너무 낮아졌는데, 저를 얼마나 무능하고 바보 같다고 생각할까요. 너무 부끄럽고 수치스러워요. 제 자신이 너무 싫어요."

그러자 상담사가 말했다.

"그러셨군요. 그럼 자라온 환경에 대한 이야기를 좀 해볼까요? 그런 마음을 갖게 되는 뿌리를 좀 더 들여다볼 수 있을 것 같아요."

부모님의 불화, 중학교 때부터 급격히 어려워진 집안 상황, 성적을 올려서 나를 무시하는 선생님들에게 복수하고 싶었던 학창 시절…. 나의 어릴 적 이야기를 쭉 들은 상담사는 이렇게 말했다.

"유선 님은 쓸모가 있고 능력이 있어야 존재할 수 있다고 생각하는 것 같아요. 반대로 쓸모와 능력이 없으면 존재할 가치가 없다고 느끼는 거죠."

"맞아요. 선생님, 저는 늘 인정을 갈구하는 삶을 살았어요."

난 늘 유능하고 싶었다. 칭찬받고 싶었고, 돋보이고 싶었다. 반대로 그렇지 못하다고 느끼면 너무 큰 절망감이 들었다. 하루하루 버거운 엄마의 삶을 볼 때마다 빨리 성공해서 엄마를 보호해야겠다는 생각밖에 안 들었다. 중학교 3학년 1학기. 마

침내 전교 등수가 한 자릿수로 바뀌었다. 그전까지 내 이름을
모르던 선생님들이 내 이름을 불렀고, 한없이 나를 상냥하게
대했다.

그때 나는, 결과로 나를 증명하는 것이 내 삶의 방식임을 체
득했다. 대학교를 졸업하고 나서는 작은 홍보대행사에서 직장
생활을 시작했다. 야근과 주말 근무가 기본이었고, 어쩌다 주
말에 쉬는 날은 자기에 바빴다. 육체적인 피로와 함께 상사나
고객의 눈치를 보느라 정신적인 피로도 늘 달고 살았다.

그래도 나를 갈아 넣는 만큼 보상이 주어졌다. 성실하고 차
분하며 믿음이 가는 직원이라는 인정을 받았고, 기대하지 않
은 물질적 보상도 따라왔다.

하지만 아일랜드에서의 직장생활은 완전히 달랐다. '유창한
영어=유능함'이라는 공식 때문이었다. 원어민이나 영어가 유
창한 동료들과 끊임없이 나의 영어 실력을 비교했고, 사소한
문법 실수 하나도 그냥 지나치지 못했다. 약간이라도 버벅대
면 그들이 나를 무능하다고 생각할 거라 단정했다. 그럴수록
동료들에게 지지 않으려고 더 열심히 일했다. 한국인의 무기
인 신속, 정확, 성실을 제대로 보여주겠노라 이를 갈았다.

그러나 정작 나를 괴롭힌 건 그들이 아니었다. 외국인인 나

는 아무리 노력해도 저들처럼 될 수 없을 것이라는 왜곡된 '패배 의식'이었다. 이 때문에 매주 참여해야 하는 정기 미팅은 지옥처럼 느껴졌고, 클라이언트와 미팅이 있는 전날에는 가슴이 두근거려 제대로 잠을 이룰 수 없었다. 내 속은 매일이 전쟁이었지만, 내가 나를 가두는 철창 밖에서는 아무 일도 일어나지 않았다.

최악이라 생각했던 그날의 미팅 이후 클라이언트와 동료들 간의 관계에는 아무런 변화도 없었다. 왜 제대로 설명하지 못했는지 따지는 사람도, 내 업무 능력이 부족하다고 문제 삼는 사람도 없었다. 나를 실패자로 몰아가는 사람은 단 한 사람뿐이었다. 좀처럼 나를 아껴주지도, 사랑하지도 못하는 '나 자신'이었다.

'오늘 그 단어를 말할 때 발음이 꼬였어. 너무 창피해', '하아, 그 질문에 왜 그렇게 대답했을까?', '나도 그 생각하고 있었는데. 내가 먼저 말할걸…' 등 작은 것 하나도 그냥 지나치지 못했다. 사무실이었다면 동료들과 커피를 마시며 가볍게 넘겼을 일들인데, 재택근무로 집에서 혼자 일하니 모든 것 하나하나가 마음을 짓눌렀다.

그리고 그렇게 들어온 부정적인 생각들은 마음속 웅덩이에 머물렀고, 시간이 지나면서 썩기 시작했다. 물웅덩이가 가만히 오래 고이면, 물속에 있던 산소가 점점 사라진다. 그러면 숨을 못 쉬는 미생물만 남게 되고, 이들이 썩은 냄새를 만들면서 물이 탁해진다. 물이 다시 맑아지려면 산소가 필요한데, 비가 오거나 바람이 불어 물이 흔들려야 공기 속 산소가 물속으로 들어간다.

달리기는 내 속에 고인 물을 흔드는 비였고, 바람이었다. 그래서 중요한 미팅이 있었거나 바쁜 업무로 힘들었던 날에는 무조건 밖으로 나갔다. 달리기를 하면 산소가 들어올 길이 생겼고, 부정적인 생각이 떠나갔다. 어떤 날은 달리는 대신 오래 걸었다. 바람을 쐬며 숨을 깊게 들이마시고 천천히 내뱉었다. 머리가 맑아지는 느낌이 들 때까지 오래 머물다 집으로 돌아갔다. 집을 나설 때까지 몹시 거칠었던 마음이 돌아올 때는 한껏 부드러워졌다.

"오늘 잘 달렸어. 잘했어. 그걸로 충분해."

건강한 두 다리를 가진 것에 감사했고, 달릴 수 있었던 것만으로도 뿌듯했다. 감사한 마음이 커질수록 결핍은 작아졌다. 디스토피아 같은 세상에 살고 있는 것 같다가도 푸른 잔디, 높게 뻗은 나무, 노을 진 하늘, 무리를 지어 자유롭게 날아다니는 새들을 보면 어느새 세상은 유토피아로 바뀌어 있었다. 미팅만 하고 나면 쪼그라들던 마음에도 조금의 여유가 생겼다.

"당신들은 한국어 못하잖아. 한국에서 한국 회사에 취직해서 한국어로 일할 수 있겠어? 영어 밖에 할 줄 모르면서."

내 마음에 제대로 들리도록 일부러 더 호탕하고 크게 외쳤다. 해외에서 직장생활하는 건 누구에게나 쉽지 않은 거라고, 그럼에도 잘하고 있다고 나 자신을 인정해주고 싶었다.

작은 실수 하나에 과자 조각처럼 부서지는 마음이 나에게 건네는 격려와 칭찬으로 벽돌처럼 지은 집이 되는 것. 이것이 달리기가 알려준 삶의 신비였다.

달리기는 그렇게 내 두 다리만이 아닌 내 삶을 움직이고 있었다.

오미크론 변이가 기승을 부리던 2022년 여름. 일을 마치자마자 온몸이 욱신거리고 피곤이 몰려왔다.

'백신을 세 번이나 맞았는데 설마 코로나에 걸렸겠어…'

초기 증세만으로는 바이러스 증상인지 확신할 수 없었다. 달릴 채비는 마쳤고, 문밖을 나가기만 하면 되는데 왜인지 발이 떨어지지 않았다. 마음 한쪽에선 '심하게 아픈 것도 아닌데 달리기로 했으면 무조건 나가야지!', 또 한쪽에선 '정말 아픈 거면 어떡해. 코로나일 수도 있잖아. 그냥 오늘은 쉬어'라며 정신없이 외치고 있었다.

잠시 고민하다 재빨리 운동화를 신고 문을 나섰다. 더 꾸물대다간 집에서 쉬고 싶은 유혹에 져서 더 큰 후회가 몰려올 것 같았다.

5분 정도 뛰었을까. 숨이 차고 온몸에 열감이 느껴졌다. 잠시 후엔 눈앞이 핑 돌았다. 몸이 아파서 그런 건지, 체력이 약해서 힘든 건지 분간이 잘되지 않았다. 그런데 이내 몸이 분명하게 소리쳤다. 당장 멈춰야 한다고. 달리기를 멈추자마자 바람 빠진 풍선처럼 맥없이 잔디밭에 주저앉아버렸다. 다급하게 스마트폰을 꺼내 남편에게 전화를 걸었다.

"빨리… 나 좀… 데리러 와줘…. 못… 움직이겠어."

다행히 집에서 멀지 않은 거리였다. 이후 증세는 더 심해졌고, 검사해보니 결국 코로나에 걸린 것이었다. 쉬어야 할 때와 밀어붙여야 할 때를 몸이 더 건강해지기 위해 아픈 건지, 아니면 다른 이유로 아픈 건지를 구분하지 못했다. 30대 중반이 되도록 꾸준히 해본 운동이 없으니 몸에 대해 제대로 알 리가 없었다.

1년 반의 공백을 깨고 다시 달리기를 시작했을 때 굳게 다짐했었다. 어떤 일이 있어도 주 2회 이상은 꼭 달리겠다고. 오랜만에 달리니 숨이 금방 가쁘고 다리가 무거웠지만 몸이 적응하도록 고독하게 밀어붙였다. 다량의 정보를 넣어 AI(인공지능)를 학습시키듯, 몸에 '나는 계속 달릴 것'이라는 신호를 반복해 보냈다.

일정 시간이 쌓이면 몸이 달리기에 최적화될 것이고, 지금보다 더 편하게 달릴 수 있는 날이 올 거라 확신했다. 학창시절에는 체육시간, 운동회, 수련회 등 몸을 움직이는 시간을 죽도록 싫어했다. 성인이 되어서는 일부러 운동을 멀리했다. 그렇게 돌고 돌아 겨우 하나 꾸준히 하게 된 것이 달리기였다. 그래서 멈추는 것이 두려웠다. 이제 겨우 뭔가 하나 붙잡고 있는데, 이것마저 무너지면 '역시 난 나약해서 안 돼'라는 실패의식이 사로잡을 것 같았다. 첫 번째 도미노를 톡 건드리면 뒤에 있는 도미노들이 후두둑 쓰러지듯 한 번의 포기가 가져올 또 다른 포기가 두려웠다.

코로나로 인해 강제 휴식을 해야 했지만 쉬는 것도 달리기의 일부라는 것을 배웠다. 쉬는 동안 '나는 왜 달리는가?'를 곰곰이 생각해봤다. 100미터를 15초 안에 달리기 위한 것도, 풀 마라톤 서브3(마라톤 풀코스를 3시간 미만으로 완주)를 달성하기 위한 것도 아니다. 평생 즐겁게 달리는 것. 그거면 충분했다. 며칠간 병가를 내서 모처럼 충분히 자고 먹고 쉬었다. 무리했던 근육과 심폐도 자연스럽게 회복되는 시간이었다.

노자의 《도덕경》에 대음희성(大音希聲)이라는 말이 있다. '큰 소리는 소리가 들리지 않는다'는 뜻이다. 우리는 매일 얼마나 많은 소리를 듣고 있는가. 그렇기에 귀로 들을 수 없는, 그렇지만 가장 중요한 큰 소리를 놓치고 살 때가 많다. 그중 하나는 몸의 소리라고 생각한다. 삶이 분주하거나 조바심이 나면 몸의 소리가 들리지 않는다. 차분히 마음을 가라앉히고 몸의 각 부위가 보내는 신호에 가만히 집중하는 시간이 필요하다. 그래서 달리기가 때로는 명상과 같다. 한 발, 한 발 내딛는 단순한 반복을 이어가면 그날 하루 속상하고 아쉬웠던 일들, 걱정거리들이 사라지고 자연스럽게 몸에 집중하게 된다.

'1. 몸의 소리 듣기.'

제대로 아프고 난 그날 이후 달리기 플랜에 항상 들어가는 첫 번째 항목이 됐다. 몸에는 가식이 없다. 자신에게 진심으로 귀 기울이는 자에게 나아갈 때와 멈출 때를 정직하게 알려줄 것이라 믿는다.

 6월 말 최종 합격한 포르투갈 회사에서 이메일이
왔다. 첨부 파일에는 출국 날짜가 10월 14일로 찍
힌 리스본행 편도 티켓이 있었다.

'아… 정말 아일랜드를 떠나는구나….'

합격 통보를 받았을 때는 나지 않던 실감이 그제야 나기 시
작했다. 아일랜드에 산 지 만 4년이 넘어갈 때쯤 우리 부부는
다른 나라로 떠나기로 결정했다. 한 나라에 뿌리를 내리기보
다 다양한 나라와 문화를 경험하고 싶은 두 사람이 부부가 됐
으니 언젠가 아일랜드를 떠나는 건 당연했다. 아일랜드를 떠

난다면 연중 해가 잘 나고 따뜻한 나라에서 살아보고 싶었다. 그중에서도 물가가 저렴한 포르투갈이 눈에 들어왔다. 3박 4일로 떠난 리스본 여행에서의 좋은 기억도 결정하는 데 한몫했다.

행선지를 포르투갈로 정한 뒤 마침 한국인을 뽑고 있는 한 포르투갈 회사에 지원했고, 몇 번의 면접을 거쳐 최종 오퍼를 받았다. 아일랜드에서의 남은 시간은 약 4개월. 이 시간을 어떻게 보내야 아일랜드와 아름답게 작별할 수 있을까. 그동안 아일랜드는 내게 '애증'의 대상이었다. 아일랜드가 지독하게 미웠을 땐 아이리시라면 일면식도 없는 거리의 사람들까지 미워 보였다.

반대로 깊이 사랑했던 시간도 있었다. '혼자 거기서 뭐 하고 있느냐'는 가족들의 날 선 말을 들었을 때도 손에 닿을 듯 낮게 깔린 구름이, 언제나 숨 쉴 구멍이 되어주는 공원이 좋아서 조금이라도 더 오래 머무르고 싶었다.

매일 가던 공원, 동네 골목길, 트램 정거장, 시내로 가는 2층 버스 앞자리…. 포르투갈로 떠나는 날이 가까워질수록 눈에 밟히는 것들이 자꾸만 늘었다. 이별이라는 서사가 부여되어야 사람도 장소도 물건도 이전보다 더 애틋하고 특별하게 느껴지는 건 어쩔 수가 없었다.

아일랜드에서 가장 가져가고 싶은 것 하나를 꼽으라면 단연 '공원'이다. 한국에 살 때도 동네 공원이 있었지만 좀처럼 발길이 닿지 않았다. 공원은 할 일 없는 사람들이 시간을 때우는 곳이라 생각했다. 그런데 아일랜드에서 살면서 공원의 의미를 제대로 깨달았다. 공원은 내게 은신처이자 아지트였고, 정말 힘든 시기에는 일종의 구원과도 같았다.

더블린에는 유럽에서 가장 큰 공원인 피닉스 공원이 있는데, 이 공원 안에는 아일랜드 대통령 궁이 있다. 공원이 하도 넓어서 이 궁을 찾는 것도 보통 일이 아니다. 다른 공원과 달리 자전거를 빌릴 수 있는 가게가 정문에 있을 정도다. 제대로 보려면 하루는 잡아야 하는 거대한 공원부터 아주 작은 동네 공원까지 아일랜드에는 수많은 공원이 있다. 그중 내가 가져가고 싶은 공원은 내 일상과 아주 가까이에 있던 동네 공원들이다.

D3에 있는 페어뷰 공원은 내가 처음 달리기를 시작한 곳이다. 마음이 가장 어둡던 시기, 모든 것이 제자리를 잃은 것처럼 흐트러져 있었고, 가슴 한가운데에는 설명하기 어려운 돌덩이가 하나 얹혀 있었다. 달리는 것이 힘들어 숨이 차는 것인

지, 살아가는 것이 벅차 숨이 차는 것인지 알 수 없던 날이었다. 불빛 하나 없는 깜깜한 공원, 윤곽만 남은 나무들이 마치 그림자처럼 서 있었고, 오직 숨소리와 발소리만 들릴 뿐 살아 있는 모든 것이 숨 죽인듯 고요했다. 부지런히 뛰는 심장, 움직이는 두 다리, 송골송골 맺히는 땀. 그곳에서 달리며 살아있다는 감각을 조금씩 되찾아갈 수 있었다.

로레토 공원은 더블린 남부 교외 지역으로 이사한 후 가장 자주 갔던 공원이다. 1년 6개월 동안 달리기를 쉬고 나서 다시 시작한 곳이기도 하다. 로레토 공원은 동네에서 제법 큰 공원이어서 여러 부류의 사람들을 만날 수 있었다. 걷거나 달리는 사람들은 공원의 가장자리를 따라 움직였고, 한가운데는 축구 등 스포츠를 즐기는 사람들로 활기가 돌았다.

그리고 그 두 공간 사이사이에는 담소를 나누거나 조용히 책을 읽는 사람들이 여기저기 흩어져 있었다. 사람이 많아도 여유가 느껴지는 묘한 균형 속에서 편안한 마음으로 달리기를 시작할 수 있었다. 처음에는 남편과 걷고, 뛰기를 반복하다 몸이 적응하고 나서부터는 자주 혼자 와서 달렸다. 잊고 지냈던 달리기의 기쁨을 다시 느끼게 해준 고마운 공원이다.

집에서 도보로 40분 거리에 있는 말레이 공원에서는 처음으로 9킬로미터 장거리를 달렸다. 집 앞 공원만큼 자주 가기는 어려웠지만 근처 공원 중 면적이 제일 넓어 자전거를 타거나 장거리를 달릴 때 주저 없이 갔던 공원이다. 끝을 가늠할 수 없는 잔디밭이 한없이 이어져 있고, 최소 오백 살은 되어 보이는 몸통이 굵고 울창한 나무들이 빽빽하게 자리 잡고 있었다. 사방이 트인 잔디밭 위에서 달리면 머리부터 발끝까지 초록색으로 물드는 것 같았고, 우거진 나무들 사이로 들어가면 비밀의 세계로 이어질 것만 같은 신비함에 사로잡혔다.

남편이 10킬로미터를 달려보자고 제안했던 날, 공원에 도착했지만, 마음은 여전히 망설이고 있었다. 5킬로미터 이하의 짧은 거리만 달리던 내가 긴 거리를 달릴 수 있을지 도저히 확신이 서지 않았다. 하지만 나무 하나하나에 눈을 맞추고 천천히 달리다 보니 7킬로미터를 지나 8킬로미터를 향해 가고 있었다. 다리에 무리가 와서 마지막 2킬로미터는 걷다시피 했지만, 비로소 '완전 초보' 딱지를 뗀 것 같아 기쁘고 뿌듯했다.

마지막으로 메도브룩 공원은 퇴근하고 주로 혼자 달렸던 공원이다. 힘겹게 업무를 마친 날, 구겨진 마음을 품은 채 공원에 들어서면 둥글고 낮은 산 위로 번져 있는 붉은빛과 주황빛의 노을이 조용히 나를 맞아주었다.

"오늘도 수고했어."

마치 어깨를 토닥이며 다정하게 말을 건네는 것처럼 내가 달리는 내내 곁을 지키듯 천천히 머물렀다. 그 노을을 바라보며 달리는 동안에는 나를 괴롭히던 모든 것이 아무것도 아닌 것처럼 느껴졌다. 하루를 망친 것 같은 날도 그 어떤 하루보다 찬란하게 만들어줬던 이곳을 어떻게 잊을 수 있을까.

아, 이 공원들을 포르투갈로 가져갈 수만 있다면…. 아직 떠나지 않았는데도 벌써부터 아일랜드의 공원들이 그립다.

포르투갈에서 이어진 달리기 –

달리는 내가 좋아지기 시작했다

아일랜드에서 늘상 입었던 거무칙칙한 패딩이 무색하게 포르투갈의 해는 샛노랗고 강렬했다. 10월이지만 민소매를 입고 있는 사람들이 적잖이 보였고, 따뜻한 나라에서만 볼 수 있는 야자수가 곳곳에 심겨져 있었다. 따사로운 태양 아래 후끈하게 데워진 공기, 거기에 아일랜드와 다른 이국적인 풍경까지 더해 이주가 아니라 휴양이라는 착각이 들 정도였다.

그렇게 망중한을 즐기는 것도 잠시, 집 두 곳을 보러 가는 약속에 늦지 않으려면 서둘러 숙소로 이동해서 짐을 풀어야 했다. 집을 구하기 어려운 아일랜드에서 맷집을 기른 덕분에 출국 전부터 온라인으로 집을 알아보고, 부동산과의 약속을 잡아놓았다. 보증인이 없는 외국인이 해외에서 집을 구하는 것은 쉽지 않다. 그러나 이 문제만 해결하면 이후 정착 과정은 일범풍순(一帆風順), 즉 배가 순풍을 받아 앞으로 나아가듯 순조롭게 진행될 것이란 걸 알고 있었다.

우리에게는 각자 한 가지씩 집에 대한 조건이 있었다. 자전거를 즐겨 타는 남편은 집 근처에 산과 자전거 트레일이 있기를 원했고, 달리기를 좋아하는 나는 아일랜드처럼 널찍한 공원이나 차가 다니지 않는 한적한 주로가 있었으면 했다. 임시 숙소에서 지내는 한 달 사이에 집을 구할 수 있다면 더 바랄 게 없었다.

그런데 이게 웬일인가! 포르투갈에 도착한 지 2주도 채 안 되어 우리가 원하는 집을 구했다. 곁에서 보면 하나의 집처럼 보이지만 네 가구가 살고 있는, 한국으로 치면 연립주택 같은 곳이었다.

건물은 다소 오래되어 보였지만 내부는 최근에 리모델링을 해서 깔끔했고 주방도 풀옵션이었다. 게다가 자전거로 30분이면 국립공원에 갈 수 있었다. 비록 근처에 공원은 없었지만,

도로 옆에 보행로가 있어 달리기에는 나쁘지 않을 것 같았다. 그렇게 집주인과 계약을 하고 이사 날짜까지 정해지자 필요한 가구며, 가전제품을 구매하느라 시간이 쏜살같이 지나갔다.

이사를 하고 집 정리까지 마치고 나서야 포르투갈이 여행지가 아닌 정착지라는 것이 실감났다. 집 위치만 놓고 보면 이보다 더 좋을 수는 없었다. 작은 동네지만 5분 거리에 대형 쇼핑센터가 있고, 크고 작은 마트도 여러 개 있으며, 카페, 은행, 우체국, 약국 등 모든 편의 시설이 가까이에 있었다.

그런데 딱 하나 없는 게 있었다. 바로 동네 공원이었다. 어느 동네를 가나 크고 작은 공원 한 두 개쯤은 꼭 있었던 아일랜드와 달리 포르투갈에서는 공원을 찾기가 어려웠다. 동네에 있는 녹지라고 해봤자 울타리가 쳐진 사유지거나 잡초가 우거진 방치된 땅이었다. 제대로 된 녹지를 보려면 차를 타고 산으로 가거나 다른 지역으로 가야 했다.

슬플 때나 기쁠 때나 언제든 마음 놓고 위로를 받을 수 있었던 아일랜드 공원이 사무치게 그리웠다. 그렇다고 공원이 있는 곳으로 다시 이사하거나 이사한 동네에 공원을 만들 수도 없는 노릇이었다.

해변까지 이어지는 도로 옆 보행로는 달리기에는 좋았지만,

바로 옆에서 차들이 쌩쌩 달린다는 단점이 있었다. 이를 피하려면 집 앞에서 시작해 대형 쇼핑센터까지 난 작은 길 위에서 달리는 수밖에 없었다. 1킬로미터 정도의 짧은 거리여서 5킬로미터 이상을 달리려면 같은 길을 여러 번 달려야 했다. 어떤 것도 공원만큼 마음에 차진 않았지만 다른 선택지가 없었다.

동네 안에서만 달리는 것에 싫증날 때쯤 도로 옆 보행로를 통해 다른 동네에도 가보고 싶어졌다. 하지만 차가 달리는 도로 옆에서 달리는 건 상상만 해도 긴장이 됐다. 몇 년 전부터 낯선 곳이나 사람이 많은 장소, 큰 도로 근처나 높은 곳에 서 있으면 불안감이 밀려오고 숨이 가빠지는 공황 증상이 나타났다. 괜찮은 날도 있었지만, 상태의 기복이 있어서 늘 안심할 수 없었다. 괜히 불안해하며 달리느니 차라리 피하고 마음 편히 달리는 편이 나았다.

저녁 러닝을 나선 어느 날이었다. 이번에는 무슨 용기가 났는지 보행로에 잠깐이라도 발을 딛어보고 싶었다. 아무 일 없을 거야, 라고 몇 번을 되뇌며 도로 쪽으로 발길을 돌렸다. 그러나 보행로에 들어서는 순간 심장이 쿵쾅거리고 손에 식은땀이 나기 시작했다.

낮이면 울창한 나무들을 바라보며 마음을 가라앉힐 텐데,

저녁이 되니 어둠 속에 자취를 감춰 하나도 보이지 않았다. 눈앞에 보이는 건 오직 갈색 보행로와 쌩쌩 지나가는 차들. 불안한 마음이 커질수록 호흡이 가빠졌다. 멈추고 싶은 마음이 굴뚝같았지만 여기서 포기하고 싶지 않았다. 일정하게 숨을 쉬려고 노력했고, 온 신경을 한 발 한 발 내딛는 데에만 집중했다.

하지만 도로 위의 차들은 소리 없는 나의 고투를 알 리가 없었다. 날카로운 소음을 내며 지나갈 때마다 굳게 먹었던 마음이 조금씩 무너져 내렸다. 이내 들숨과 날숨의 리듬이 깨졌고, 숨을 제대로 쉴 수 없었다. 달려서 숨이 찬 것이 아니라 불안으로 인한 과호흡이었다. 결국 달리기를 멈출 수밖에 없었다.

속상한 마음에 눈물이 터져 나왔다. 어떻게든 조금이라도 더 달리고 싶었다. 이번에 성공하면 자신감이 붙어서 앞으로 혼자 달릴 수 있을 것 같았다. 달릴 때는 끝없이 길게 느껴졌는데, 뒤돌아보니 500미터밖에 안 되는 짧은 거리였다.

"하아… 후우우…하아… 후우우…."

불안으로 고조됐던 마음이 조금 진정된 후 왔던 길을 다시 천천히 달리기 시작했다. 호흡이 정상으로 돌아오는 것이 느껴졌다. 도로에서 벗어나 차가 없는 한적한 골목으로 들어서자 비로소 깊은 안도감이 들었다.

동네 어디서든 내 마음 가는 대로 달렸던 아일랜드에서의 시간이 떠올랐다. 그리고 분명히 알게 됐다. 이 아쉬움은 때때로 내 마음을 흔들며, 깊은 허전함과 그리움을 남길 거라는 것을. 그 땅을 떠난 나를 향한 아일랜드의 복수인 걸까. 그렇다면 이보다 더 성공적이고 확실한 복수는 없으리라.

다시 악몽이 시작됐다.

대낮부터 시작해 자정이 넘어서도 멈추지 않는 그의 목소리. 하루 종일 화난 채로 전화 통화를 하는 사람의 직업은 대체 무엇일까, 아니 제대로 된 직업이 있기나 한 걸까? 그의 쩌렁쩌렁한 목소리는 오래된 건물의 허술한 골격을 타고 거침없이 올라왔다.

이 집을 처음 봤을 때 층간소음이 있을 거라고는 전혀 예상하지 못했다. 우리가 살 집은 2층이었고, 아랫집에는 여자 혼자 살고 있다고 들었다. 이사를 하고 나서 며칠 지내보니 집주

인에게 들은 대로 매우 조용했다. 아랫집에서 간간이 여자 목
소리가 들리긴 했지만, 대부분의 시간에는 우리만 살고 있는
것 같은 착각이 들 정도였다.

그런데 한 달쯤 지났을까. 한 번도 들어보지 못한 남자의 목
소리가 들리기 시작했다. 가끔 들리던 TV 소리와는 확연히 달
랐다. 다소 신경질적이고 흥분한 상태로 누군가에게 이야기를
하는 것 같은데, 상대방의 목소리는 전혀 들리지 않았다. 아랫
집은 분명 여자 혼자 사는 집이라고 들었는데 그날뿐 아니라
그다음 날부터 매일, 그것도 아침부터 들리기 시작했다.

남편과 나는 재택근무를 하고 있어서 집이 사무실이자 휴식
공간이었다. 하지만 낮에는 일에 제대로 집중할 수 없었고, 밤
에도 소음으로 예민해진 탓에 마음 편히 쉴 수 없었다. 그동안
참고 지켜보던 남편이 단단히 마음을 먹은 듯 단호한 태도로
말했다.

"아무래도 내려가서 이야기를 좀 해야 할 것 같아."

"그런데 우린 포르투갈어를 못하잖아. 제대로 얘기가 통할
까?"

아랫집 사람은 오다가다 마주친 적도 없었고, 영어로 대화
가 될지, 괜히 번역기를 쓰면서 상황이 더 어색하고 나빠지는

건 아닐지 걱정이 앞섰다.

"영어로 안 되면 번역기라도 써야지. 오늘은 꼭 얘기해야겠어."

"그럼 먼저 쪽지로 남기자. 쪽지를 확인하고 더 조용해지는지 지켜본 후에 말하는 건 어떨까?"

이건 내가 서울에서 혼자 자취할 때 썼던 방법이었다. 아랫층에서 아침마다 알람이 울리는데도 당사자는 일어나지 않고, 나는 그 소리에 잠을 더 일찍 깨버리는 상황 때문에 취한 조치였다. 그러나 남편은 고개를 저었다.

"아니야. 이런 건 얼굴 보고 얘기해야 해."

문을 열고 아랫집을 향해 성큼성큼 내려갔다. 예상대로 영어로는 한마디도 대화하지 못하고 번역기에 의지해 의사를 전달했다. 정작 장본인은 어디로 숨었는지 코빼기도 안 보이고 중년 여성만 떨떠름한 표정을 지으며 주의하겠다고 했다.

그렇게 처음 대면하고 나서 좀 잠잠해지나 싶었는데 며칠 후가 더 가관이었다. 무슨 사달이 났는지 밤 11시가 넘도록 격앙된 목소리로 싸우질 않나, 자정이 넘도록 TV 소리를 크게 틀어놓고 보지를 않나, 새벽 4시쯤 일어나서 마치 대낮인 것처럼 한참 대화를 하지 않나. 층간소음으로 일어나는 살인 사건들이 더 이상 남 일처럼 느껴지지 않았다. 특히 잠귀가 예민한 남편은 말할 것도 없고, 대체로 금방 잠이 들고 한 번 잠들면 잘 깨지 않는 나까지 신경과민 상태가 될 정도였다.

그즈음 우리는 첫 마라톤 대회를 앞두고 있었다. 대회 당일이 되자 설레고 긴장되는 마음으로 평소보다 일찍 잠이 깼다. 집에서 아주 멀지는 않지만, 도로를 미리 통제하기 때문에 서둘러 나서야 하는 상황이었다. 조금만 더 꾸물거리면 출발 시간을 놓칠 것 같아서 남편을 깨우러 방으로 들어갔다.

"지금 일어나야 돼. 조금만 더 늦으면 출발 시간을 놓칠 수도 있어."

늦는 것에 워낙 예민한 편이라 나도 모르게 뾰족한 억양이 새어 나왔다.

남편은 제대로 눈을 뜨지 못한 채 겨우 입만 벌려 대답했다.

"몸이 안 좋아서 오늘 못 달릴 거 같아. 아랫집 때문에 잠을 제대로 못 잤어."

"그래도 우리 첫 마라톤인데, 이렇게 포기하면 어떡해!"

그토록 바라던 첫 대회였기에 너무 속상하고 분한 마음이 들었다.

"아랫집 때문에 잠도 제대로 못 자고, 우리 첫 대회도 못 나가고. 진짜 짜증 나! 그 남자 너무 싫어."

대회에 대한 간절한 마음과 잠을 못 자 고생하는 남편에 대한 안쓰러움이 뒤섞여 감정이 더욱 격앙되고 말았다. 그 순간 아랫집 남자에 대한 감정은 단순한 미움이 아니었다. 우리의 일상을 뒤흔드는 그를 향해 복수심까지 들끓었다. 마음 같아선 어떻게든 남편을 일으키고 싶었지만, 안타까운 마음에 조용히 방에서 나왔다. 출발 시간에 맞춰 가긴 이미 글렀다. 대회를 포기하려던 찰나 남편이 눈을 비비며 방에서 나왔다.

"안 되겠어. 일단 가자. 어떻게 되든 일단 해보자."

하마터면 없던 일이 될 뻔한 7킬로미터 대회는 그렇게 무사히 끝났지만, 층간소음 갈등은 지난한 싸움이 되어가고 있었다. 그 뒤로도 몇 번 더 내려가 주의해달라고 당부했다. 하지만 그때마다 건물이 오래되어서 방음이 안 된다, 우리도 너희 소리를 듣는다, 너희 집에는 큰 개 한 마리가 돌아다니는 거 같다 등등 역으로 그들의 불평만 듣고 올라왔다.

평안히 쉬고 싶은 밤, 정적을 깨는 소리가 들리고 안식을 침범당할 때마다 당장이고 내려가 멱살을 잡거나 입에 무언가를 우겨넣는 상상을 수없이 했다. 아일랜드에서 6년 간 온갖 경험을 했고, 웬만한 고충은 충분히 이겨낼 수 있다고 자신했다.

하지만 포르투갈에서 처음 경험한 층간소음은 난이도를 매기자면 상 중에서도 상이었다. 언어가 통하지 않아 매번 번역기를 쓰거나 집주인의 도움을 받아야 했고, 의사 전달이 제대로 되고 있는지 알 수 없어 늘 불안했다. 그 남자의 차가 안 보이는 날은 우리의 축제일이었고, 차가 하루 종일 주차되어 있으면 '저 사람은 나가지도 않나'라며 투덜거렸다.

한 사람 때문에 이토록 마음이 황폐해지는 상황 속에서 우리는 각자가 좋아하는 것에 더욱 매달렸다. 나는 틈날 때마다 달렸다. 부정적인 에너지가 내 삶을 잠식하지 못하게 하려는 몸부림이었다. 주로라고 해봤자, 녹지가 없는 척박한 동네 골목이었지만 그래도 이만한 탈출구가 없었다. 매일 세수와 양치를 하며 노폐물을 씻어내고 찌꺼기를 제거하듯 층간소음으로 쌓인 분노를 달리기로 씻어내야만 다음 날을 견딜 수 있었다.

'오늘은 무사히 잠들 수 있을까.'

불안한 마음으로 하루를 시작해도 달리기가 있어서 말할 수 있었다.

"그래도 오늘을 잘 버텼네."

경찰을 불러야 할지, 이사를 가야 할지, 버티는 데까지 버텨봐야 할지, 그 무엇도 쉽게 결정할 수 없는 소란스러운 나날이었다. 하지만 그(놈) 목소리가 아무리 쨍쨍하게 울려 퍼져도 달리기를 향한 내 마음만큼은 꺾지 못했다. 달리고 집에 돌아올 때마다 불 켜진 아랫집을 바라보며 속으로 포고를 날렸다.

"나는 절대로 안 무너져. 어디 누가 이기나 두고 보자!"

 결국 우리는 최후통첩을 날렸다. 밤 11시 이후에 소음이 나면 경찰을 부르겠다는 메모를 아랫집 문에 붙였다. 한 시간쯤 지났을까. 남편의 스마트폰으로 발신자 번호 없는 문자 메시지 한 통이 왔다. 자신들도 경찰을 부르겠다는 내용이었다. 이유는 아침과 밤, 매일 두 번씩 창문 셔터를 올리고 내리는 소리가 시끄럽다는 것. 누군지 뻔히 아는데 발신자 번호 없이 보낸 것에 헛웃음이 나왔다.

'아, 이 사람 정말 안 되겠구나.'

우리 인내심의 한계는 딱 거기까지였다. 더 버티다가는 두

집 중 누구 하나 골로 갈지 모르는 상황이었다. 계약 기간이 남아있었지만, 다행히 집주인이 상황을 이해해줬고, 우리는 생존을 위해 도망치듯 이사를 했다.

이사를 하고 나서 그토록 바라던 평화가 찾아왔다. 자정을 넘어서까지 쩌렁쩌렁 벽을 타고 올라오던 남자의 목소리도, 서로 껄끄럽게 번역기를 써가며 대화할 일도 없어졌다. 대신 낮 시간에 이웃집 큰 개와 작은 개 두 마리가 번갈아 짖기는 했지만, 이전 집에서 시달린 것에 비하면 애교 수준이었다.

그동안의 고투에 대한 보상인 걸까. 이사한 동네에 제법 큰 공원과 해변가를 따라 달리기에 좋은 길이 있었다. 워낙 급하게 이사를 해서 주변 환경을 제대로 따질 여유가 없었는데, 이렇게 좋은 곳에서 살게 된 건 정말 뜻밖이었다. 이제 차가 쌩쌩 다니는 도로 옆에서 달릴 일도, 좁은 골목길에서 앞뒤로 오는 차를 수시로 살필 일도 없었다. 그립던 공원 러닝을 다시 시작할 수 있다니⋯! '전화위복'이라는 말이 딱 들어맞는 상황이었다.

공원은 집에서 도보로 15분. 아주 가깝지는 않았지만, 워밍업을 한다고 생각하면 그리 먼 거리도 아니었다. 공원이 꽤 커서 입구가 여러 개 있었는데 우리 집에서 가장 가까운 입구에는 나무 계단이 있었고, 그리 길지 않은 계단을 따라 내려가면 공원 진입로와 이어지는 아담한 규모의 녹지가 있었다.

수북이 자란 잡초 사이로 여러 종류의 나무가 불규칙하게 심겨져 있었고, 무슨 열매가 나는지 비닐봉지를 들고 있는 사람들이 종종 보였다. 녹지 사이에는 두 사람 정도가 동시에 오갈 수 있는 길이 나 있었는데 나무 계단이 끝나자마자 시작되는 이 길이 내가 달리는 코스의 시작이었다. 평평하고 길게 뻗은 길, 푸릇푸릇한 나무들과 잔디밭, 한적하고 조용한 분위기…. 달리기에 더없이 좋은 조건이라 생각했다. 하지만 딱 한 가지 걸리는 것이 있었는데, 바로 목줄을 매지 않은 반려견들이었다.

여기서 한 가지 밝히고 넘어가겠다. 나는 어릴 때부터 개를 무서워했다. 30년 전쯤의 일이다. 소꿉친구들과 친구 집에 놀러 가는 길이었다. 앞 장면은 기억나지 않는다. 무슨 연유인지 하얗고 작은 강아지가 전속력으로 나를 향해 달려들었다. 그렇게 무섭게 쫓아오지 않았더라면 그저 하얀색 털이 보송보송하게 난 귀여운 강아지였을 텐데, 그땐 호랑이 같은 맹수나 다름없었다.

바닥에 누워 울상이 되어버린 내 주위로 친구들이 모였고,

강아지가 바로 내 앞까지 온 장면에서 기억이 뚝 끊겼다. 다행히 물리지는 않았지만 다 큰 어른이 되어도 묶여 있지 않은 개를 무서워하는 병을 얻어버렸다. 어렸을 때 동네에 주인 없이 어슬렁거리는 개들이 꼭 몇 마리씩 있었다. 특히 등하굣길에 공터에서 꼭 마주쳤는데, 아무리 멀쩍이 있어도 묶여 있지 않으면 일부러 먼 길을 돌아갔다.

성인이 되어서는 개를 키우는 집에 놀러 가는 것이 꺼려졌다. 종종 개가 있다는 걸 모르고 도착한 적도 있었는데, 무슨 잘못이라도 한 것처럼 바로 들어가지 못하고 문 앞에서 종종거렸다. 이런 상황에서는 초대받은 나도, 초대한 사람도 당황스러웠지만, 어쩔 수 없었다. 주인이 개를 붙잡고 있거나 어딘가에 넣어 놓은 것을 확인하고 나서야 겨우 들어갈 수 있었다.

개에게 등을 보이며 달리면 추적 본능을 자극시켜 쫓아오게 만든다는 것을 어렸을 때부터 알고 있었다. 그래서 내 인생 철칙 중 하나는 '절대 개를 등지고 달리지 않는다'였다.

그런데 달리기를 본격적으로 시작하면서 그것이 한순간에 깨지는 순간이 찾아왔다. 아일랜드 공원에는 반려견 정모를 하는 사람들이 많았는데 반려견들이 자유롭게 놀도록 풀어놓고, 한쪽에선 견주들끼리 삼삼오오 모여 수다를 나누고 있었다. 달리기 전에는 이런 모임을 보면 무조건 피했다. 한 마리도 아니고 여러 마리가 풀려 있는데다 어찌나 여기저기를 휘젓고 다니는지 보기만 해도 정신이 없었다.

그러나 달리다 보면 의도치 않게 주로가 그들의 모임 장소와 겹치는 상황이 생겼다. 멈춰서 걸어가기는 싫고, 그렇다고 돌아갈 수 있는 길도 마땅히 없었다. 그때 내가 취한 전략은 '절대 걷지 말고, 태연한 척 천천히 달리자'였다.

그런데 그게 말처럼 쉽지가 않았다. 풀려 있는 개들을 지나 등을 보이는 순간, 목과 등을 타고 종아리와 발바닥까지 찌릿찌릿 신호가 왔다. 혹시 한 마리쯤은 따라오지 않을까, 하고 살짝 뒤를 돌아보면 신기하게 나를 향해 짖거나 따라오는 개는 한 마리도 없었다. 불과 몇 초의 시간 동안 손에 땀이 날 정도로 긴장했던 것이 무색하게 개들은 자신들의 세상에서 신나게 놀고 있었다.

그런 경험이 한 번, 두 번 쌓이면서 자신감이 붙었고, 나를 보며 으르렁거리지 않는 한 쫄지 않고 지나갈 수 있는 정도까지 발전했다. 그렇게 아일랜드에서 개 공포증이 완치된 줄만 알았다. 그런데 포르투갈에서 전혀 예상치 못했던 순간이 찾아오고 말았다.

여느 때처럼 나무 계단 끝에서 달리기를 막 시작하려던 참이었다. 약 50미터 앞에 백발의 할머니가 서 있었고, 그 앞에 하얀색 강아지가 풀려 있었다. 이럴 수가! 어린 시절 나를 물려고 했던 강아지와 싱크로율이 99퍼센트였다. 잊고 있던 두려움이 되살아났다.

'어쩌지. 뒤돌아서 다른 길로 가야 하나.'

저 강아지 한 마리 때문에 달리는 걸 머뭇거리고 있는 내가 너무 한심하게 느껴졌다. 아일랜드에서 쌓았던 자신감이 한순간에 무너지는 순간이었다.

'그래도 포기할 순 없지. 도망갈 땐 가더라도 일단 달리자!'

발을 천천히 떼어 앞으로 나아갔다. 그러고는 강아지를 향해 텔레파시를 보냈다.

'너와 나는 이전에 만난 적이 없고, 지금도 전혀 상관없는 관계야. 그냥 나를 무시해. 나도 너를 무시할 테니까. 서로 가던 길 가자.'

그런데 이 녀석이 내가 가까이 가자 날카롭게 짖으며 전속력으로 달려오는 게 아닌가.

"아아아악!"

본능적으로 달리기를 멈추고 몸을 웅크렸다. 그때 할머니가 강아지를 향해 포르투갈어로 소리쳤다. 내 발목까지 올라오는 이 작은 생명체 앞에 저항도 못 해보고 무너지다니…. 몹시 부끄러웠지만 괜찮은 척하며 할머니 옆을 지나갔다. 포르투갈어로 뭐라고 하셨는데 미안하다는 뜻인 것 같았다.

'또 졌구나. 지고 말았어….'

왜인지 졌다는 생각이 가시질 않았다. 나를 이긴 대상이 자기보다 훨씬 큰 사람에게 서슴없이 달려들던 그 강아지였을까. 아니면, 어른이 되어서까지 두려움으로 똘똘 뭉쳐있는 내 자신이었을까. 짖으며 달려왔지만 나를 물지 않을 것이라는 것을 알고 있었다. 아마 덩치 큰 사람이 달려오니 자신을 보호하기 위해 센 척을 했을 것이다. 게다가 주인이 지켜보고 있었고, 무슨 일이 생기면 당연히 통제해줄 것이었다.

'내 자신을 믿고, 조금 더 담대하게 반응했다면 어땠을까?'

뒤늦은 아쉬움이 남았다.

서른일곱 살의 나는 영락없이 여섯 살로 돌아가버렸다. 어떻게 이토록 같은 상황에 놓이게 된 걸까. 어릴 적 트라우마를 극복해보라고 신이 준 기회였을까. 만약 여기서 내가 무서워하지 않고, 단호하게 반응했다면 트라우마를 극복하고 '완치

판정'을 받았을지도 모른다. 하지만 30년이 지나서도 그때처럼 무서워 떨었으니 체면을 구겨도, 정말 제대로 구겼다.

그래도 마냥 주저앉아 울고 있는 여섯 살은 아니었다. 몸을 바로 일으켰고, 천천히 다시 달리기 시작했다. 소스라치게 놀랐던 것 치고는 마음이 금세 차분해졌다. 달리기를 마치고 집으로 돌아가는 길, 앞서 일어난 해프닝이 아득하게 느껴졌다.

"강아지 좀 무서워하면 어때. 그럴 수도 있지 뭐."

피식 웃음이 났다. 어느새 해는 뉘엿뉘엿 저물고, 하늘은 주황빛으로 물들고 있었다.

첫 10킬로미터 대회가 며칠 앞으로 다가왔다. 앞서 몇 달 간격으로 참여한 7킬로미터, 5킬로미터 대회와는 다르게 10킬로미터는 완주에 대한 부담이 꽤 묵직했다. 이미 달려본 8킬로미터까지는 어느 정도 예상할 수 있었지만, 아직 가보지 않은 2킬로미터에 대한 걱정 때문이었다.

그래도 우왕좌왕, 좌불안석이었던 첫 대회에 비하면, 이번에는 한결 마음이 여유로웠다. 나의 첫 대회는 그야말로 엉망진창이었다. 전날 컨디션 관리나 식단 조절은 애초에 없었고,

도로를 언제부터, 그리고 어디에서부터 어디까지 통제하는지도 미리 파악해 놓지 않았다. 아랫집 소음으로 제대로 잠을 못 잔 탓에 뒤늦게 출발했는데, 제일 빨리 갈 수 있는 도로가 이미 통제되어 지나갈 수 없었다.

"어떡하지? 이러다 우리 많이 늦겠는데?"

시계를 계속 들여다보니 마음이 초 단위로 더욱 초조해졌다.

결국 다른 길로 가는 방법을 알아보니 시간이 꽤 걸리긴 하지만 우회로가 있었다. 겨우 출발 시간에 맞춰 근처까지 갔는데 이미 대회가 시작되어 지나가는 길목을 통제하고 있었다. 우리도 배번을 붙인 참가자인데, 차 안에서 달리는 사람들을 한참 지켜봐야 했다.

"레이스고 뭐고 내려서 뛸 수나 있으면 다행이겠다."

그 순간엔 오직 달리고 싶다는 생각밖에 안 들었다. 최소한 돌아가라는 소리는 듣지 않았으니 달리게 해줄 타이밍만 잠자코 기다리고 있었다.

거의 모든 참가자들이 빠져나가고, 후미에 걸어가는 몇 그룹만이 남았을 때 경찰이 다가와 사람들을 따라 달리라고 했다. 차 안에서는 잔뜩 풀이 죽어 있었는데, 내리는 순간 온몸에서 열정이 들끓었다. 7킬로미터는 물론이고 풀 마라톤도 완주할 수 있을 것만 같은 기세였다. 걸어가던 사람들을 제치자마자 달리는 사람들이 보이기 시작했다. 다양한 사람들 속에서 달리니 아드레날린이 마구 솟구쳤다. 흥분한 나머지 나도 모르게 페이스가 빨라지고, 심박수도 높아졌다.

"지금 너무 빨라. 이렇게 뛰면 나중에 지쳐서 못 뛰어."

페이스메이커를 해준 남편 덕분에 내 속도를 되찾을 수 있었다. 평소라면 차로 꽉 찼을 도로가 이날만큼은 러너들의 차지가 됐다. 빨간색 신호등도 길 위의 사람들을 멈출 수 없었다. 이런 기회가 아니면 도로 위에서 언제 달려볼 수 있을까.

옷에 달린 배번이 놀이공원의 자유이용권인 것 마냥 신나게 도로 위를 누볐다. 삼삼오오 무리를 지어 달리는 사람들, 혼자 달리는 사람들, 앞서거니 뒷서거니 서로를 이끌어주는 사람들. 모두가 같은 방향을 향해 달리고 있어서일까. 길 위에 있는 수백 명의 사람들이 전우처럼 느껴졌다.

"파이팅!"

한 번도 본 적 없고 서로 이름조차 모르지만, 그 누구도 낙오되지 않고 무사히 완주하기를 응원했다.

이렇게 첫 대회를 요란하고 즐겁게 마친 덕에 10킬로미터 대회는 놀랍도록 차분하게 준비할 수 있었다. 공교롭게 첫 대

회와 코스가 비슷한데다 시작과 끝 지점이 같아서 어떻게 진
행이 될지 머릿속에 쉽게 그릴 수 있었다. 전날엔 소화가 잘되
는 음식을 먹었고, 좋은 컨디션으로 일어날 수 있도록 일찍 잠
들었다. 도로가 통제될 것을 예상해 미리 다른 길을 찾아놓았
고, 평소에 자주 가는 곳이라 한적한 주차 공간을 찾는데도 어
려움이 없었다. 한 번의 경험으로 이렇게 수월하게 대회를 준
비할 수 있다니, 역시 경험보다 좋은 선생님은 없었다.

대회 당일, 출발 한 시간 전에 도착해 여유 있게 주변을 둘
러보며 몸을 예열했다. 출발 30분 전엔 여기저기 흩어져 있던
사람들이 하나둘 출발선으로 몰려들었다. 이 많은 사람들이
다 어디에 있었는지 출발선 근처는 순식간에 인산인해가 됐
다. 출발 전까지 대기하는 시간 동안 형형색색의 러닝화와 사
람들을 구경하니 지루할 틈이 없었다.

그때 갑자기 심장을 두드리는 빠른 비트의 음악이 크게 들
려왔다. 이어서 임박한 출발을 알리는 쩌렁쩌렁한 목소리가
비트를 뚫고 현장을 가득 채웠다.

"Cinco, Quatro, Trés, Dois, Um(5, 4, 3, 2, 1)!"

카운트다운이 끝나자마자 선두그룹부터 사람들이 가열차게
빠져나갔다. 출발선에 달려 있는 카메라를 향해 모두들 힘차

게 손을 흔들었다.

　그토록 기다리던, 대망의 10킬로미터 대회가 시작되는 순간
이었다.

 6월 초 오전 9시. 아직 해가 중천에 올라오기 전이라 아스팔트는 데워지지 않았고, 공기도 선선했다. 출발은 가뿐했지만 열띤 분위기에 동요되어 다리가 자꾸만 빨라지고 심박수는 올라가고 있었다. 분위기에 쉽게 휩쓸리는 나와 달리 남편의 얼굴은 더없이 평온해 보였다.

1킬로미터쯤 달렸을까. 맞은편에서 첫 번째 반환점을 찍은 선두그룹이 경주마처럼 달려왔다. 선명하고 단단한 근육선, 무너지지 않은 곧은 상체, 강하지만 부드럽게 내딛는 다리, 무

엇보다 엄청나게 빠른 속도…. 나도 모르게 그들을 향해 박수를 치고 있었다. 엘리트 선수들을 가까이에서 본 것이 처음이라 대회에서 달리고 있다는 것도 잊을 뻔했다.

그들에 비하면 나는 거북이, 아니 나무늘보 수준이었다. 그래도 길 위에서만큼은 그들도 나도 똑같은 러너였다. 그들은 그들의 페이스대로, 나는 나만의 페이스대로 같은 결승선을 향해 나아가고 있었다.

3킬로미터까지는 그래도 달릴 만했다. 사람들의 응원을 받는 것이 즐거웠고, 중간중간 수다를 나눌 여유도 있었다. 그러나 해가 점차 올라오면서 선선했던 공기가 습해지더니 온몸이 금세 땀으로 범벅이 됐다. 5킬로미터쯤 급수대가 보였고, 물을 마시며 잠시 숨을 골랐다. 사막에서 오아시스를 만난 것처럼 기뻤지만 아직 5킬로미터나 남았다는 사실에 좌절하고 말았다.

'이제까지 온 만큼 더 달려야 한다니.'

자신감이 급격히 떨어졌다. 결국 7킬로미터쯤에서 큰 고비가 왔다. 다리가 원하는 만큼 움직여지지 않았고, 속도는 걷는 것이나 다름없었다. 힘에 부쳤지만 어떻게든 앞으로 나아가려고 발버둥 쳤다.

어떤 사람들은 처음부터 걷기와 달리기를 반복했다. 걷는 동안 에너지를 비축했다가 빠른 속도로 달리며 나를 추월하는 데 괜히 오기가 불붙었다. 경쟁하면서 달릴 마음은 없었지만 이쯤에서는 목표물을 잡는 게 도움이 될 것 같았다. 저 사람보다 무조건 앞서나가자는 마음으로 뒤통수를 뚫어져라 주시하며 달렸다.

그런데 온 힘을 짜내 달리는데도 간격이 좀처럼 좁혀지지 않았다. 목표물을 바꿔봤지만 마찬가지였다. 땅 밑으로 꺼져버릴 것처럼 다리는 무거웠고, 더위에 정신은 혼미해졌다. 한참을 달린 줄 알았는데, 시계를 보니 고작 500미터밖에 가지 않았다.

"왜 이렇게 거리가 안 줄지?"

완전히 기진한 상태였다. 8킬로미터부터는 내 의지가 다리를 움직인 것이 아니라 다리가 나를 끌고 갔다. 그리고 9킬로미터 구간을 지나고 나서는 거짓말처럼 힘이 나기 시작했다.

'결승선을 어떻게 통과할까? 얼굴은 찡그리는 것보다 웃는 게 좋겠지? 팔은 자연스럽게 치고 있어야 할까? 마라톤 선수들처럼 양쪽으로 번쩍 들까? 메달을 받으면 어떤 포즈로 사진을 찍을까?'

그렇게 상상의 나래를 마구 펼치는 사이 500미터, 400미터, 300미터…. 결승선이 점점 가까워지고 있었다. 결승선 근처에서 환호와 함께 박수를 보내는 사람들이 눈에 들어왔다. 그때 남은 힘을 다해 질주하며 결승선을 통과했다.

"드디어 도착했다!"

완주했다는 기쁨과 더 이상 달리지 않아도 된다는 안도감이 교차했다. 더운 날씨에 고전했고, 7킬로미터부터는 여러 번 포기하고 싶었다. 그러나 어떻게든 앞으로 나아가다 보니 어느 순간 결승선이 눈앞에 있었다.

1킬로미터가 남았을 때 1퍼센트밖에 남지 않은 배터리에 충전기가 연결된 것처럼 눈이 번쩍 떠지고 다리에 힘이 들어갔다. 그땐 없던 힘이 갑자기 생긴 줄 알았는데, 어쩌면 몸이 끝을 위해 남겨둔 것이 아니었을까.

완주자들은 '만제리코Manjerico'라고 하는 작고 둥근 바질 화분을 받았다. 리스본에서는 매년 6월 성 안토니오 축제가 열리는데, 행운과 건강을 상징하는 바질 화분을 주고받는다. 오밀조밀 붙어있는 손톱 크기만 한 잎들이 그동안 달린 모든 순간처럼 느껴졌다.

이 조그만 잎들이 무럭무럭 자라고, 흙을 뚫고 새잎까지 올라오면 얼마나 더 풍성해질까. 10킬로미터 완주 후 멋진 문양이 새겨진 메달 대신 이 화분을 받은 것은 결코 우연이 아니었다.

37년 인생, 처음으로 크롭탑(복부가 드러나는 민소매티)을 샀다. 포장을 뜯어 꺼내보니 영락없는 아동복이었다. 내 몸에 과연 들어갈지 반신반의하며 머리를 쑥 집어넣었는데, 옷이 탄력 있게 늘어났다가 몸에 착 붙었다. 한국에서나 아일랜드에서는 상상도 못 했던 크롭탑을 포르투갈에서 입게 되다니…. 환경이 사람을 바꾼다는 말이, 이런 순간을 두고 한 말처럼 느껴졌다.

포르투갈은 1년 내내 날씨가 온화해서 한겨울이 되어도 두꺼운 패딩을 꺼낼 일이 없었다. 10월까지는 밤중에도 반팔, 반

101

바지를 입고 돌아다닐 정도였다. 눈부시게 빛나는 태양, 깊고 푸른 대서양 바다, 금가루처럼 반짝이는 모래사장, 수영복 차림으로 해수욕을 즐기는 사람들…. 이런 풍경을 매일 접하다 보니 자연스레 옷차림이 가벼워졌고, 마음까지도 한결 더 느긋해졌다.

집에서 15분 정도 남쪽으로 걸어가면 라타 해변이 보인다. 해안을 따라 보도가 길게 나있는데, 오른쪽으로 30분 정도 걸어가면 카스카이스가 나오고, 왼쪽으로 가면 오래 걸리긴 하지만 리스본까지도 갈 수 있었다. 해변에서 바라보는 바다는 시간대마다 다채로운 얼굴을 보여주었다. 낮에는 강렬한 태양 아래 윤슬이 반짝였고, 늦은 오후엔 붉은 태양이 서서히 지평선 아래로 내려앉으면서 주황과 분홍빛으로 물들었다. 태양이 모습을 완전히 감추고 짙은 어둠이 깔리면 포말과 물보라가 솟아오르던 거친 파도는 흔적도 없이 사라지고, 고요한 물결만이 잔잔히 일렁였다. 이 아름다운 풍경을 보며 달릴 수 있다는 건 정말 큰 축복이었다.

대낮의 뜨거운 열기가 가라앉고, 따스한 여운만 남은 봄날 오후, 크롭탑과 5부 레깅스를 입고 라타 해변으로 나갔다. 흰색 삼선이 선명하게 박혀 있는 검정색 레깅스는 아일랜드에서 사서 줄곧 즐겨 입는 옷이었다.

이 레깅스에는 다소 웃기고 슬픈 사연이 있는데, 결론부터 말하면 한국에서는 입을 수 없었던 금기 아이템이었다. 한국에 휴가 차 갔을 때의 일이다. 엄마가 집 앞 공원으로 산책을 나가자고 하셔서 이 레깅스를 입고 마당으로 나갔다. 마당에 먼저 나와 있던 엄마가 내 옷차림을 보자마자 놀란 얼굴로 말씀하셨다.

"밖에 그렇게 입고 나간다고? 에이, 안 돼. 다른 걸로 바꿔 입어."

"왜요? 편하고 좋은데. 산책 갈 때 이거 자주 입어요."

유럽에서 살면서 남의 시선을 의식하지 않는 데에 익숙해졌다. 그런데 한국에만 오면 나도 모르게 긴장되고, 남들이 나를 어떻게 볼지 엄청 신경이 쓰였다. '한국에서 레깅스를 입는 건 아무래도 무리겠지?'라고 생각하던 찰나 아빠가 우리 앞을 지나치며 묵직하게 한마디 던지셨다.

"그걸 입고 밖에 어떻게 나간다냐? 얼른 바꿔 입어라."

몸에 딱 붙는 레깅스가 부모님에게는 불편한 요물이었다. 결국 가정의 평화를 위해 긴 추리닝 바지로 갈아입고 나왔다.

포르투갈에서는 그저 달리기만 하면 되는데, 한국에만 가면

'보여지는 나' 때문에 선뜻 달릴 용기가 나지 않았다.

'어디에서 달려야 사람이 별로 없을까, 뭘 입고 달릴까, 달리다 아는 사람을 만나면 어떡하지, 지나가는 저 사람은 나를 어떻게 바라볼까….'

이런저런 고민만 하다 러닝화는 꺼내보지도 못하고 돌아오기 일쑤였다. 남을 의식하느라 나만의 기쁨을 묻어놨던 시간이었다.

"한국을 왜 떠나는 거야?"

아일랜드로 떠난다고 했을 때 주변 사람들이 놀라며 물었다. 그때 나에게는 두 가지 대답이 있었다. 하나는 형식적인 대답, 또 하나는 진짜 대답. 유럽에 살며 영어를 배우고, 여행도 다니면서 새로운 경험을 해보고 싶다는 것이 형식적인 대답이었다. 그리고 사람들에게 말하지 못했던 진짜 대답은 '한국이 싫어서'였다. 장강명 작가의 소설 제목과도 같았다.

'30대 초반, 여자, 미혼, 직장인, 만나는 사람 없음'이라는 프로필을 가지고 한국에서 사는 게 참 쉽지 않았다. 쓰나미처럼 몰려오는 결혼에 대한 압박. '남의 시선'과 '때'가 중요한 한국에서 적당한 때에 결혼하지 못하면 실패한 사람처럼 여겨질 게 뻔했다. 결혼을 혼자 할 수는 없는 노릇이어서 퇴근 후

피곤한 몸을 이끌고 숙제하듯 소개팅을 나가기도 했다.

이 시기엔 분명 내 의자인데도 가장자리에 걸터앉아 있는 것처럼 살았다. 쳇바퀴 돌듯 반복되는 삶 속에 '어쩌다 해야 해서 하는 결혼'이라도 하게 될까봐 두려웠다.

'내 의자에 편하게 등을 기대고 앉아봤으면….'

더 늦기 전에 아무도 나를 모르는 곳으로 떠나 내 삶의 자리를 되찾고 싶었다. 아일랜드에 도착하는 순간, 마치 스마트폰이 초기화되는 것처럼 직장, 직급, 연봉, 나이, 학력, 결혼여부가 적힌 한국 버전의 프로필이 깡그리 리셋되었다. 빽빽하게 깔려 있던 수십 개의 앱이 지워지고 나서야 내가 정말 원하는 삶이 뭔지에 대해 생각해보고, 좋아하는 것들을 추가할 수 있는 공간이 생겼다.

물론 어렵고 힘든 일도 많았지만, 그 공간 안에서 오롯이 진짜 나를 만날 수 있었다. 아일랜드에서 시작한 달리기는 나를 바꾼 것이 아니라 '내가 어떤 사람인지'를 끊임없이 보여줬다.

솔직히 한국에서 크롭탑만 입고 달릴 자신은 여전히 없다. 그래도 이전처럼 이러쿵저러쿵 따지지 않고, 즐겁게 달릴 수 있을 것 같다. 이제 타인이 나를 어떻게 보는지는 중요하지 않다. 달리기에 온전히 몰입하는 순간, 오직 달리는 나만 보일

테니까.

　아일랜드에서처럼 공원 러닝이 좋으려나, 아니면 포르투갈과 비슷한 해변을 찾아볼까. 두 나라 못지않게 아름다운, 내 나라 대한민국에서 어서 마음껏 달려보고 싶다.

집에서 가장 가까운 라타 해변에서 출발해 카스카이스까지 달리면 다채로운 바다의 얼굴뿐 아니라 다양한 러너들을 만날 수 있었다. 뒤에서 괴물이라도 쫓아오는 것처럼 전속력으로 질주하는 러너들, 삼삼오오 두런두런 담소를 나누며 달리는 무리들, 걷기와 달리기를 반복하며 여유를 즐기는 러너들. 동네 공원에서 혼자 달릴 때는 나만 아는 내밀한 기쁨을 즐겼는데, 해변에서는 다양한 러너들 사이에서 새로운 자극을 받을 수 있었다.

나보다 훨씬 빠른 속도로 탄탄하게 달리는 사람들을 보면

107

나도 저런 체력을 만들어야겠다는 다짐이 되었고, 노년의 나이에도 달리는 것을 보면 나도 저 나이까지 달리고 싶다는 삶의 목표가 생겼다. 그러나 이처럼 좋은 자극을 받는 해변 러닝의 이면에는 끝없는 비교가 도사리고 있었다.

'저 사람은 저렇게 빨리 달리는데, 왜 지친 기색이 전혀 없을까?'

'근육이 엄청 단단해 보이네. 내가 저렇게 되려면 한참 걸릴 거야.'

'비교는 기쁨을 훔치는 도둑이다'라는 전 미국 대통령 시어도어 루즈벨트의 말처럼 한번 비교하기 시작하면 달리기의 즐거움이 이내 달아나버렸다.

마라톤 대회를 나가도 그랬다. 내 페이스를 유지하며 달리다가도 뒤에서 누군가가 추월하면 본능적으로 속도가 빨라졌다. 사람마다 신체 조건이 다르고, 내 몸에 맞게 달려야 한다는 걸 알면서도 여러 사람들과 함께 달리면 어김없이 경쟁심이 발동했다. 뱁새가 황새 따라가다 다리 찢어지는 격이었다.

처음엔 이렇게까지 욕심이 없었다. 10분만 아니, 5분만이라도 쉬지 않고 달릴 수 있기를 바랐다. 하지만 달리기에 대한 관심과 애정이 깊어질수록 더 잘 달리고 싶어졌다. 소속된 크루가 있거나 코치에게 정식으로 배울 수 있는 환경이 아니어서 유튜브에 있는 수많은 영상을 찾아봤다. 기록 단축 방법, 올바른 자세와 호흡법, 존2 러닝, 인터벌 훈련, 장거리 훈련, 러닝화 추천, 마라톤 준비 등 한 영상을 보는 동안 옆에 줄줄이 추천 영상이 떴고, 죄다 관심 있는 주제여서 어느 것 하나 그냥 지나칠 수가 없었다.

하나하나 모두 유용한 정보인데, 보면 볼수록 어째서인지 달리기가 더 복잡하고 어렵게 느껴졌다. 왠지 내가 잘못 달리는 것 같고, 너무 느린 것 같고, 더 제대로 된 훈련을 받아야 할 것 같고, 더 좋은 러닝화를 사야 할 것 같고, 더 많은 대회에 나가야 할 것 같은 조바심이 났다. 마치 나와 가장 가까운 동네 친구가 갑자기 엄청 똑똑하고 유명해져서 멀어진 것 같은 기분이 들었다.

러닝 붐이 일면서 많은 사람들이 런스타그램을 만들고 자신의 러닝 기록을 올린다. 하나하나 볼 때마다 빨리 뛰는 사람이 이렇게나 많다는 것에 놀라고, 그렇게 뛰고도 지친 기색 하나 없는 셀카에 한 번 더 놀란다. 그렇게 열 개 정도의 게시물을 빠르게 훑고 나면 방금 뛴 내 기록이 그렇게 초라해 보일수가 없다.

"저 사람들처럼 잘 뛸 거 아니면 그냥 그만두는게 낫지 않겠어? 다른 운동도 많잖아. 달리기는 너와 안 맞아."

어느새 비교 귀신이 달라붙어 내 귀에 속삭이고 있다. 욕심과 비교는 인생에서도 그렇지만 달리기에도 좋을 것이 하나 없는 독이었다. 이 둘로부터 자유로워지기 위해서는 '내가 왜 달리는가'에 대해 계속 묻지 않을 수 없었다.

9월의 어느 늦은 오후, 선선한 바람을 맞으며 카스카이스로 향했다. 동네 근처의 트레킹코스를 찾아보다 리베이라 다스 비냐스 트레일을 발견했는데, 자주 가는 카스카이스 시내에서 그리 멀지 않은 곳이었다. 중간에 약간의 오르막과 내리막이 있지만 대체로 평평한데다 약 5킬로미터 정도의 거리를 왕복으로 달리면 10킬로미터까지 달릴 수 있는 최적의 코스였다.

무엇보다 마음에 들었던 건 한적하고 조용한 분위기였다. 걸어서 5분 거리에 있는 해변가와는 완전히 다른 세상에 온 것처럼 느껴졌다. 길 초입에는 농가와 작은 밭이 있었고, 양들을 키우는 목장도 있었다(심지어 양들이 울타리 밖에 나와 있는 날도 있었다!). 깊이 들어갈수록 인가가 드문드문 보이고, 나무가 빽빽하게 서 있는 고요한 숲길이 펼쳐졌다. 바로 옆에 큰 도로가 있었지만 완만한 산언덕이 완벽한 가림막이 되어주었다.

늦은 오후에 나왔더니 금세 해가 지고 어둠이 깔렸다. 밤늦게까지 밝은 해변가와 달리, 이곳에는 가로등 하나 없었다. 이탈리아에서 야간 산행을 자주 했던 남편은 헤드램프를 꺼내 머리에 단단히 고정시켰다. 양옆에 빽빽하게 난 나무들은 어둠 속에 완전히 자취를 감추었고, 우리가 눈으로 볼 수 있는 것은 빛에 드러난 좁은 길뿐이었다. 고요한 어둠 속에서 한발 한발 내딛었다. 온몸에서 각종 감각이 깨어나는 순간, 진정으로 '살아있음'이 느껴졌다.

"후우, 후우. 탁, 탁, 탁, 탁."

우리의 숨소리와 발자국 소리만이 밤공기를 흔들었다. 그 순간엔 거리, 페이스, 케이던스(분당 보폭수) 등 숫자로 기록되는 것은 중요하지 않았다. 오직 불빛이 비추는 길을 따라 앞으로 나아가는 것에만 집중했다. 사방이 깜깜했지만 하나도 두렵지 않았다. 오로지 달리기에만 몰입하는 동안 몸이 가벼워지고 피로감이 사라졌다. 다른 사람들과의 비교가 앗아갔던 충만한 기쁨이 바로 여기에 있었다. 러너스 하이Runner's High(30분 이상 달렸을 때 밀려오는 행복감)가 찾아온 순간이었다.

인생은 10초면 결과가 나오는 100미터도 대회도, 42.195킬로미터라는 정해진 거리가 있는 마라톤도 아니다. 내게 남은 거리가 얼마인지는 나 자신도 모르고, 아무도 모른다. 그래서 다른 사람들과 비교할 필요가 없다. 내 앞에 펼쳐진 고유한 길 위에서 나만의 결승선을 향해 나아가면 되니까. 나다운 달리기는 스마트워치에 기록된 숫자로 다 가늠할 수 없는 '나만의 이야기'다. 잊지 말자. 세계적인 마라토너가 서브2(마라톤 풀코스를 2시간 미만으로 완주)를 이루는 것만큼이나 오늘의 내 달리기가 특별하다는 것을.

시작하자마자 어떤 이들은 전속력으로 달릴 것이고, 어떤 이들은 천천히 걸을 것이다. 하지만 어떤 쪽이든 상관없었다. 제한시간이 없는 10킬로미터 대회에서는 누구에게나 완주의 기회가 열려있었다. 혹여 결승선을 통과하지 않는다 해도 끝까지 최선을 다했다면 그 자체가 '완주'였다.

3장
이탈리아에서 완성된 달리기 –
결국, 나는 내게 도착했다

아일랜드, 포르투갈에 이어 세 번째 나라인 이탈리아로 이주했다. 이탈리아는 언젠가 남편과 내가 돌아가야 할 종착지였다. 그래서 포르투갈은 이탈리아로 가기 전 잠시 들른 휴게소와 같았다. 연로하신 시부모님과 가까이에 살고 싶었고, 그 전에 다른 나라에서 딱 한 번만 더 살아보자고 결정한 곳이 포르투갈이었다.

아무리 휴게소 같은 곳이었다고 해도 포르투갈에서 보낸 2년 동안 제대로 정이 들어버렸다. 라타 해변에서 매일 바라보던 노을과 바다, 짭조름한 바다 냄새를 흠뻑 들이마시며 달

렸던 긴슈 해변, 폭염이 이어지던 8월에 우리의 탈출구가 되어준 세심브라, 파로, 알부페이라 해변이 마지막 날까지도 눈앞에 아른거렸다.

떠나는 날 아침, 포르투갈의 햇살은 변함없이 눈부셨고, 내 손에는 이런 날씨와 도무지 어울리지 않는 진회색 패딩이 들려있었다. 패딩은 우리에게 '떠남'과 '시작'의 상징이었다. 2년 전 포르투갈에 도착했을 때는 아일랜드에서 입고 온 패딩을 벗었고, 이탈리아에 도착하고 나서는 가장 두꺼운 패딩을 다시 입었다. 베르가모 공항에 발을 딛는 순간, 오래전 떠나왔던 고향으로 돌아온 것만 같았다.

임시 거처였던 시부모님댁 한켠은 우리 물건들로 물류 창고가 되어버렸다. 포르투갈에서 온 뜯지 않은 대형 상자들, 새로 주문한 가구들이며 가전제품들 … 쌓여가는 크고 작은 짐들을 보며 이삿날만 손꼽아 기다렸고, 3개월 후에 트렌토 근처에 있는 소도시에 정착했다.

이탈리아에서 가장 큰 호수인 가르다 호수가 차로 15분 거리였고, 집 뒤에는 호수까지 걸어서 갈 수 있는 긴 보행로가 있었다. 겨울과 봄의 경계에 있는 3월. 집 주변이 온통 포도밭이었는데 나무들엔 마른 잎사귀만 달려있었고, 그 사이 사이에 있는 또 다른 밭에는 아직 아무것도 심겨진 것이 없어서 허허벌판처럼 보였다.

'비어있는 밭에는 뭐가 자랄까?'

이사 온 첫날부터 유심히 지켜봤다. 겨울이 지나고 4월에 들어서자 따뜻한 봄기운이 올라오면서 포도나무의 푸른 잎과 줄기가 눈에 띄게 자라나기 시작했다. 그리고 비어있던 밭에는 진한 퇴비 냄새가 진동했다. 달리면서 숨을 들이마실 때마다 몸의 온 신경을 휘젓고 나가는 이 강렬한 냄새는 여기에서 뭔가가 일어나고 말 거라는 신호 같은 것이었다.

5월이 되자 처음엔 10센티미터도 안 되던 조막만 한 새싹들이 여러 갈래로 잎사귀를 내며 올라오고 있었다. 그리고 6월이 되자 마침내 수수께끼가 풀렸다. 잎 사이마다 수염이 돋아나는 식물, 바로 옥수수밭이었다. 이탈리아 북부 지역에서는 옥수숫가루로 만든 폴렌타를 주식으로 먹기 때문에 포도만큼이나 옥수수를 흔하게 볼 수 있었다.

내가 주로 달리는 곳은 시작부터 끝까지 온통 포도밭과 옥수수밭으로 둘러싸여 있었다. 그래서 하루가 다르게 자라나는 농작물을 보는 것이 쏠쏠한 재미였다. 내 새끼손톱보다 작지만, 가을이 되면 엄지손톱보다 더 커져 있을 포도알들. 발목,

종아리, 어깨까지 올라오더니 결국 내 키를 훌쩍 넘어 주렁주렁 달릴 옥수수들. 개중에는 알 크기가 유독 작은 것도 있고, 키가 작은 것도 있었다.

하지만 왜 똑같이 크지 않느냐고 누구도 나무라지 않았다. 자신의 때와 속도대로 성실히 자라는 이들을 보며, '나도 계속 자라고 싶다'는 마음이 점점 커져 갔다.

성장판이 진작에 닫힌 30대 후반, 머리카락을 쓸어올리면 귀 주변과 뒤통수 쪽이 눈 쌓인 벌판처럼 희끗희끗하다. 푹 꺼진 양 옆 볼이 거슬려서 셀카가 점점 줄어든다. '저속노화'를 자주 검색하고, 건강과 관련된 기사는 더욱 유심히 챙겨본다. 인생의 어느 한때에는 키 크는 법을 찾고 있었는데, 이제는 노화를 늦추는 방법을 찾고 있다니. 나이듦을 실감하며 씁쓸함이 밀려온다.

주름살을 쫙쫙 펴주는 다리미가 있다면 얼마나 좋을까? 얼굴의 기미를 없애주는 지우개가 있다면 당장 살 텐데…. 프랑스 영화배우 잔느 모로는 "우아하게 나이 든다는 건 세월의 흔적을 감추지 않고 엉망인 모습 그대로를 보이는 것"이라고 말했다. 어쩐지 위안이 되면서도 위안이 되지 않는 말이다.

감추기 위한 노력 없이 우아하게 나이들 수 있지만 엉망이

된 나를 그대로 보이기 위해선 상당한 용기가 필요하기 때문
이다.

하지만 달리기를 시작하고 나서는 어떻게 하면 더 '젊어 보
일 수 있을까'보다 어떻게 하면 '젊음을 품을 수 있을까'에 대
해 관심이 쏠린다. 혈기왕성하던 20대 때는 전혀 안 하던 운동
을 30대 중반부터 꾸준히 하고 있고, 30대 초반에는 5분도 뛰
지 못했는데, 오히려 30대 후반에는 1시간 30분을 달린다.

나이는 더 들었지만 몸은 더 건강해졌고, 도전하고 싶은 것
이 그때보다 많아졌다. 자꾸만 새로운 지경으로 날 이끌어주
는 달리기 덕분이다.

'어떤 사람은 젊고도 늙었고, 어떤 사람은 늙고도 젊다'는
탈무드 격언이 있다. 달리기와 함께 가는 인생에서는 물리적
나이나 외양으로 젊음을 판단할 수 없다. 끊임없이 꿈꾸고 도
전하는 사람은 결코 늙지 않기 때문이다.

무라카미 하루키는 《달리기를 말할 때 내가 하고 싶은 이야
기》에서 자신의 자전거 프레임에 쓰여 있는 '18 'til I die(죽는
날까지 열여덟 살)'에 대해 언급한다. 브라이언 애덤스의 노래
제목인데, 가사가 재미있다.

122

Wanna be young the rest of my life

(내 남은 인생 젊게 살고 싶어)

Never say no, try anything twice

(절대 거절하지 말고 뭐든 두 번은 해봐)

'Til the angels come and ask me to fly

(천사가 와서 이제 갈 때가 됐다고 할 때까지)

Gonna be 18 'til I die

(죽는 날까지 열여덟 살로 살 거야)

나이를 먹어도 마음은 여전히 열여덟 살처럼 젊게 살고 싶다는 내용이다. 죽을 때까지 열여덟 살 때의 신체를 유지하는 건 불가능하다(그때 몸으로 돌아가기 위해 수십억 원을 투자한 40대 미국 억만장자가 있기는 하지만). 그러나 어떻게 인생을 바라보느냐에 따라 죽기 전까지 열여덟 살처럼 살 수 있는 기회가 모두에게 주어진다.

절대 거절하지 말고, 뭐든 두 번은 해보라는 가사처럼 두 번, 아니 세 번, 네 번, 다섯 번까지도 해보는 인생이었으면 좋겠다.

우린 단 한 번, 그리고 단 하나뿐인, 재활용할 수 없는 인생
을 살고 있으니 말이다.

암벽 등반가 알렉스 호놀드의 영상은 내가 이제까지 본 어떤 영화나 드라마보다 더 충격적이고, 가장 강력하며 위험하다. 그는 로프, 하네스, 볼트 등 안전 장비를 전혀 사용하지 않고, 맨손과 클라이밍 신발만으로 암벽을 오른다. 그가 오른 미국 요세미티 국립공원에 있는 바위산인 엘캐피탄은 높이가 무려 900미터에 이른다. 롯데월드타워 높이가 555미터이니, 거의 두 배인 셈이다. 높이만 높은 것이 아니라 경사도 가파르다.

만약 1센티미터라도 손을 잘못 짚거나 발이 미끄러진다면 어떻게 될까. 상상만 해도 끔찍하다. 아무 일이 일어나지 않았다는 걸 알면서도 그의 모든 영상은 손에 땀을 쥐게 한다. 알렉스는 무엇을 위해 그렇게까지 위험을 감수하는 것일까. 그는 자신의 암벽 등반을 다룬 다큐멘터리 영화 〈프리솔로〉에서 이렇게 말했다.

"누구나 행복하고 편안할 수 있습니다. 하지만 좋은 일은 행복하고 편안하게만 해서는 이루어지지 않습니다."

불편하고 힘든 상황에 제 발로 들어가는 사람들은 확실히 다르다. 그런 남다른 마인드셋으로 끊임없이 한계에 부딪히며, 불가능을 가능으로 바꾸고 수많은 사람들에게 영감을 준다.

알렉스 뿐만 아니라 7개월 만에 전 세계 8,000미터 봉우리 열네 개를 정복한 산악인 님스다이 푸르자, 세계 최고의 산악인이자 트레일 러너인 킬리안 조넷 같은 극한까지 자신을 몰아붙이는 사람들의 다큐멘터리를 일부러 찾아서 본다. 위대한 업적을 거두기까지 그들이 거쳐야 했던 혹독한 과정을 보면, 존경심을 넘어 경외심까지 든다.

그들의 성공을 단편적으로 평가할 수 없는 이유는 타고난 체력과 정신력, 가정환경 및 주변 환경, 철저한 훈련과 자기관리, 가족을 비롯한 주위 사람들의 지지 등 여러 요인의 결합

체이기 때문이다.

알렉스는 몸으로 루트를 익히기 위해 로프를 매고 수많은 리허설을 반복한다. 놀라운 건 그렇게 완벽에 가까운 훈련을 하고 나서도 실패하는 순간이 있다는 것이다. 특정 구간에서 수십 번이나 미끄러지기도 하고 손가락과 발목에 부상을 입기도 한다. 하지만 그 모든 과정을 실패라 여기지 않는다. 그의 성공은 실패를 없앴기 때문에 이루어진 것이 아니라, 수없이 훈련하며 실패할 가능성을 0에 가깝게 줄인 결과이기 때문이다.

달리기에 대한 애정을 갖게 되면서 마라톤 선수들의 경기 영상을 다시 찾아봤다. 마라톤은 42.195킬로미터를 쉬지 않고 달리는 가장 단순하고 원초적인 스포츠다. 올림픽의 마지막 순간, 전 세계의 모든 사람들이 자신의 나라를 대표하는 선수의 고통과 인내를 두 시간 넘게 지켜본다. 그리고 그 선수가 마침내 결승선을 통과할 때는 이루 말할 수 없는 감동을 느낀다.

달리기를 하지 않았을 때는 마라톤 선수들의 고통이 보이지 않았다. 그들은 선수니까 밥 먹고 잠자는 시간 빼고는 달렸을 테니 완주가 어렵지 않을 거라고 쉽게 생각했다. 1992년 바르셀로나 올림픽 금메달리스트 황영조 선수의 킬로미터당 페이스는 3분 9초였다. 이 페이스가 얼마나 빠른 것인지 달리기를 하고 나서야 체감할 수 있었다. 국가대표로 선발될 만큼 이미 탁월한 실력이 있었겠지만, 훈련을 소홀히 하거나 스스로 한계를 지었다면 절대 나오지 않았을 기록이다.

이러한 사람들을 간접적으로라도 만나면 내 한계를 돌파하는 데 큰 자극이 된다. 이들과 달리 난 보통 이하의 체력인 데다 한계를 짓는 데 익숙하다. 한계를 정해 두면 결국 난 이 정도밖에 안 되는구나, 라는 자괴감이 들지만, 한편으론 마음이 편해진다. 그 이상을 이루기 위해 애써 발버둥 치지 않아도 되기 때문이다.

한계를 정해놓고 포기하든, 한계를 뛰어넘기 위해 부딪히든 본인의 선택이다. 하지만 그 선택의 결과가 인생에 얼마나 큰 파동을 가져올지는 도전해보지 않고는 알 수 없다.

예전의 나는 5분도 달릴 수 없었다. 하지만 지금의 나는 10킬로미터 이상을 달리고, 1시간 30분 동안 쉬지 않고 달린다. 그리고 몇 달 뒤에는 처음으로 하프 마라톤에 도전한다. 가끔은 대체 내 인생에 무슨 일이 일어난 거지 싶을 만큼 꿈처럼 느껴질 때가 있다. 10킬로미터 대회에 처음 참가했을 때 8킬로미터에서 큰 고비가 왔다. 몹시 힘들었지만 걷고 싶은 유혹을 뿌리치고 완주했다.

10킬로미터를 쉬지 않고 달려본 경험은 달리기 인생에 있어 큰 터닝포인트가 됐다. 그 전에는 10킬로미터를 넘지 못할 것 같은 막연한 두려움이 있었다. 피곤한 날에는 5킬로미터를 뛰는 것도 쉽지 않았다. 그러나 1킬로미터씩 늘려가며 꾸준히 달리다 보니, 몸이 적응해 어느새 10킬로미터도 어렵지 않게 달릴 수 있게 됐다.

그래서 내게 달리기는 RPG(롤플레잉 게임)이다. 중간 중간 고비가 있고, 적도 만나지만 레벨이 올라가고 기술도 생기며, 능력치가 업그레이드된다. 5킬로미터에서 10킬로미터까지 가는 단계가 딱 그런 느낌이었다. 1킬로미터씩 늘리니 차례차례 퀘스트를 통과하는 것 같았다.

RPG에서의 성장은 단순히 레벨 상승만이 아니라 어떤 형태로든 캐릭터가 강해지는 것을 의미한다. 달리기에서도 마찬가지다. 거리, 페이스, 심박수 등 숫자로 표시되는 지표 외에도 보이지 않지만 더욱 값진 열매가 있다. 체력이 떨어져 몸이 유난히 무겁고 피곤할 때, 10킬로미터 이상 달리는 것이 지루하게 느껴질 때, 낙심되는 일로 사기가 꺾여 있을 때, 그럼에도 불구하고 달리기를 멈추지 않았을 때 근육처럼 붙는 '끈기'와 '인내'다.

3개월 뒤에 도전할 하프 마라톤은 솔직히 말해 무모할 정도로 덜컥 질러버린 결정이었다. 게다가 내가 살고 있는 이탈리아가 아닌 독일 뮌헨 시내 한복판에서 달린다. 제한 시간은 3시간 30분. 목표는 오직 '완주'다. 하프 마라톤 참가까지 결정하고 나니 일이 어째 점점 커지는 것만 같다. 다음에는 무엇이 나를 기다리고 있을까? 두근두근 다음 퀘스트는?

"하프 마라톤 4개월 플랜 만들어줘!"

평소 막막할 때마다 도움을 많이 받는 생성형 AI에게 훈련 플랜을 짜달라고 부탁했다. 말이 떨어지기가 무섭게 뚝딱하고 플랜이 나왔다. 친절한 AI는 이대로만 달리면 충분히 완주할 수 있을 거라며 격려도 아끼지 않았다.

호기롭게 하프 마라톤을 신청했지만, 실상 아무런 준비가 되어 있지 않았다. 4개월이라는 시간이 얼핏 넉넉해 보여도 나 같은 초보자에게는 어떤 변수가 있을지 몰랐다. 게다가 집

중해서 훈련해야 할 시기가 딱 초여름부터 늦여름까지 걸쳐있었다. 농작물이 여름 내 뜨거운 햇빛을 견뎌 가을에 열매를 맺는 것처럼 10월에 있을 하프 마라톤 완주를 위해 한여름 훈련은 피할 수 없는 선택이었다.

7월이 되자 새벽 5시 반이면 해가 떴고, 오전 7시만 되어도 기온이 20도 가까이 올라갔다. 성큼성큼 올라오는 해를 피해 오전 6시 이전에 달리고 싶었지만 어쩌나 눈이 안 떠지는지, 결국 6시 30분으로 타협했다. 이른 아침 반려견과 산책하는 사람들, 출근하는 사람들, 영업 시작 전 부지런히 마트 건물 안으로 물건을 옮기는 사람들이 보였다.

"흡~후~흡~후~!"

선선하지만 약간은 후덥지근한 여름 공기를 깊게 들이마시고 내뱉었다. 풀과 흙냄새가 몸을 가득 채우면서 몽롱한 정신이 깨어났다. 가볍게 스트레칭하고 8분 페이스부터 시작해 서서히 페이스를 올렸다. 1킬로미터쯤 달리니 사우나에 온 듯 땀이 줄줄 흐르기 시작했다. 선글라스를 써서 그나마 눈부심은 덜했지만 온몸을 감싸는 후끈한 열기가 느껴졌다. 몇 겹을 바른 선크림도 땀과 섞여 끈적했고, 송골송골 맺힌 땀이 이마에서부터 눈을 지나 볼을 타고 흘러내렸다.

여름에 달리기 전까진 내 몸에서 땀방울이 흐르는 것을 한 번도 본 적이 없었다. 손으로 쓱 문질렀을 때 끈적함이 느껴져야 땀이 났다는 걸 알 수 있는 정도였다. 그래서 다른 사람들의 얼굴에 맺힌 땀방울이 늘 신기해 보였는데, 내 몸에서도 그렇게 많은 땀이 난다는 걸 처음 알게 됐다.

3킬로미터쯤 달렸을까. 산 바로 밑 그늘진 길 위에 잠시 멈춰 섰다. 온 대지를 달구는 태양을 피해 잠시 숨을 고를 수 있는 아지트였다. 뒷주머니에서 물이 담긴 소프트 플라스크를 꺼내 한 모금씩 천천히 마셨다. 시원한 바람이 땀에 젖은 온몸을 휘감았다. 붉게 달아오른 얼굴이 제 색으로 돌아오고, 몸에 흘러내리던 땀방울은 흔적도 없이 사라졌다. 그렇게 몸을 충분히 식히고 나서 남은 거리를 이어 달렸다.

달리기로 하루를 시작하며 힘을 얻는 것만큼 저녁 공기를 가르며 하루의 피로를 털어내는 것도 중요했다. 열대야 때문에 여전히 공기가 더웠지만 주황빛으로 물든 하늘을 보며 달릴 수 있는 것이 큰 특권이었다.

그러나 아침에는 보지 못했던 복병이 있었다. 바로 날파리였다! 햇빛이 강한 시간에는 잠잠하던 녀석들이 습도가 높은 저녁이 되자 사정없이 얼굴로 날아들었다. 밝은 옷을 입고 나간 날엔 '나 열심히 달렸어요'라고 인증이라도 하듯 티셔츠 군데군데에 십여 마리의 날파리들이 들러붙어있었다. 그래서 저녁 달리기는 항상 옷을 힘차게 털어주는 것으로 끝이 났다.

37도까지 오르는 폭염이 계속되자 순조롭게 진행되던 훈련에 제동이 걸렸다. 대낮엔 너무 덥고, 밤에는 열대야로 컨디션이 엉망이었다. 그렇다고 기온이 떨어질 때까지 무작정 달리기를 쉴 수만은 없었다. 결국 평지보다 훨씬 시원한 산으로 가기로 결정했다. 산은 고도가 높아 20도가 조금 넘는 아주 선선한 날씨였다. 집에서 멀지 않고, 트레킹 코스로도 유명한 베로나 북쪽 산악 지역인 레시니아에서 달리기로 했다.

커브길을 따라 한참을 올라가니 가슴이 뻥 뚫릴 만큼 드넓은 푸른 초원이 펼쳐졌고, 그곳에서 한가로이 풀을 뜯는 소떼가 보였다. 차에서 아직 내리지도 않았는데, 목가적인 풍경을 보는 것만으로도 마음이 평온해졌다.

"우와, 여긴 완전 다른 세상이다!"

차에서 내리자마자 감탄이 절로 나왔다. 동시에 시원함을 넘어선 한기가 스며들어, 바람막이 지퍼를 턱 끝까지 바짝 올렸다. 울퉁불퉁한 돌길이라 조금 난이도가 있긴 해도 포장도로보다 더 달리는 재미가 있었다. 그리고 사방에 펼쳐지는 평

134

화로운 풍경에 시선을 뗄 수 없었다. 조금 더 깊숙이 들어가자 차에서는 작은 점처럼 보이던 소들이 바로 앞에서 풀을 뜯고 있었다. 이 무해한 자연을 제집처럼 누리는 소들이 부럽기까지 했다.

산에서는 날씨 변화가 커서 구름이 해를 가릴 때와 해가 드러날 때의 풍경이 완전히 달랐다. 먹구름이 하늘을 자욱하게 덮으면, 판타지 영화의 한 장면과 같은 신비감이 감돌았고, 구름이 걷힌 후 따스한 광명이 드러나면 세상 위의 모든 것을 감싸는 엄마의 품처럼 느껴졌다.

"하아… 여기에 집 하나 있으면 좋겠다!"

달리기를 마치고 내려가는 차 안에서 푸념이 터져 나왔다. 산과 멀어지고, 동네와 가까워질수록 햇빛은 더욱 이글거렸다. 차 문을 열자마자 후끈한 공기가 훅하고 들어왔다. 불과 몇 시간 전, 산에서 달렸던 시간이 한여름 밤의 꿈처럼 느껴졌다.

한 번으로 끝내기엔 너무 아쉬웠다. 그래서 8월 한 달 동안 브렌토니코 근처에 있는 산 지아코모, 아시아고 고원 지역에 있는 로아나 등 산악 마을을 찾아 달렸다. 예전에는 산에서 달려볼 엄두조차 내지 못했는데, 이번 여름 러닝을 통해 알게 됐다. 산에도 순한 맛, 중간 맛, 매운 맛 코스가 있다는 것을. 지

형이 평평한 순한 맛 코스에서 달리면 그만한 피서가 없다는
것을 말이다.

한여름의 햇살 아래, 동네 포도밭의 포도알들이 탐스럽게 영
글어가고, 내 얼굴도 빨갛게 익어갔다. 뜨거운 햇살을 그대로
맞으며 달리던 어느 날 문득 이런 생각을 했다.
　'걷기만 해도 땀이 줄줄 흐르는 날씨에 누가 시킨 것도 아닌
데…. 뭐가 좋아서 나는 이 생고생을 하고 있을까?'
　학창시절처럼 감시하는 선생님이 있는 것도 아니고, 좋은
기록을 내면 이직이나 승진에 유리한 것도 아니었다. 내가 원
한다면 언제든 멈출 수도, 쉴 수도, 줄일 수도, 미룰 수도 있었
다. 그러나 그러지 않았다. 이유는 딱 하나였다. 그저 달리는
것이 좋았기 때문이다.
　여름은 내가 달리기를 향한 마음이 얼마나 깊은지 확인할 수
있게 해준 계절이었다. 7월생인 나는 어쩌면 한여름에 무언가
를 사랑하지 않으면 안 되는, 뜨거움을 안고 태어났는지도 모른
다. 봄처럼 찔끔찔끔 떠보지 않고, 가을처럼 과묵하게 뒤에서만
지켜보지 않고, 겨울처럼 속앓이만 하지 않고 앞뒤 계산 없이
직진하는 열렬한 계절, 나는 달리기를 더 좋아하게 되어버렸다.

하프 마라톤이 한 달 앞으로 성큼 다가왔다. 독일 뮌헨으로 가는 기차표를 예매하고 대회 장소에서 멀지 않은 곳에 숙소를 예약했다. 21.0975킬로미터라는 거리가 매우 긴 건 알겠는데, 도대체 얼마나 긴 거리인지 감이 잘 오지 않았다. 그래서 생성형 AI에게 물었다.

"21.0975킬로미터가 얼마나 긴 거리인지 체감할 수 있게 알려줘."

그랬더니 서울 시청에서 안양역까지 정도의 거리고, 63빌딩(249미터)을 여든다섯 개나 수직으로 쌓아 올린 높이란다. 순간 흠칫했다. 63빌딩을 여든다섯 개나 쌓으면 하늘을 뚫는 거 아닌지. 어쨌든 이 무지 긴 거리를 쉬지 않고 달리는 것이 하프 마라톤이었다.

여름 내내 기량을 한껏 끌어올렸는데, 이후 한국에 잠시 다녀오면서 김이 조금 빠졌다. 한국에서 이런저런 일정을 핑계로 16킬로미터와 18킬로미터 장거리 훈련을 건너뛰어 버렸다. 하프 마라톤을 완주하려면 최소 18킬로미터까지는 달려봐야 한다는데, 가장 길게 달린 거리가 15킬로미터였다. 경험해보지 못한 6킬로미터를 잘 버텨낼 수 있을까? 결국 내 몸을 믿어보는 수밖에 없었다.

뮌헨 하프 마라톤 D-2.

이탈리아에서 출발해 오스트리아를 거쳐 독일 뮌헨까지 가는 기차는 생각보다 아늑했다. 곳곳에서 독일어가 들려 몸은 아직 이탈리아에 있는데 벌써 독일에 온 것 같은 착각이 들었다. 기차를 타면 보통 음악을 듣거나 드라마를 보는데 이번에는 왠지 책을 읽고 싶었다. 마라톤을 위한 여행이라 그런 걸까. 스마트폰을 멀리하고 오롯이 몸과 마음에 휴식을 주고 싶었다.

한국에서 사 온 양귀자 작가의 소설 《모순》을 가방에서 꺼내 읽기 시작했다. 책은 생각보다 흥미진진해서 네 시간 이상의 탑승시간이 한 시간처럼 지나갔다. 내가 소설 속 안진진이라면 나영규와 김정훈 중 누구를 선택할까를 고민하며 완전히 몰입하던 차에 다음 역이 뮌헨이라는 방송이 흘러나왔다. 자리에서 일어나 빠뜨린 물건이 없는지 살핀 후 출입문으로 향했다. 잠시 후 바퀴가 레일을 긁는 소리가 끼익하고 길게 늘어지며 기차가 멈춰 섰다.

내리자마자 격하게 환영하는 인사처럼 뮌헨의 쌀쌀한 공기가 얼굴과 목을 파고들었다. 시간은 저녁 8시 30분. 목도리를 턱 바로 밑까지 바짝 올린 뒤 서둘러 역사 안으로 발걸음을 옮겼다.

뮌헨 하프마라톤 D-1.

배번을 받으러 시내에 나가야 하는데 어제보다 왼쪽 종아리 통증이 더 심하게 느껴졌다. 며칠 전 필라테스 수업에서 양다리를 벌리는 동작이 있었다. 달리기에도 도움이 될 것 같아 열심히 따라 했는데, 알이 단단히 배겨버렸다. 시간이 지나면 자연스럽게 없어질 테지만, 마라톤이 당장 내일이었다.

왜, 하필, 지금인 걸까. 몸을 풀기 위해 숙소 근처 공원까지 찾아놓았지만 지금 상태로는 의미가 없었다. 하루 남겨놓은 시점에서 내가 할 수 있는 건 다리를 가능한 한 쓰지 않는 것이었다.

엑스포 장소가 있는 지하철역에서 내리자 배번을 받으러 가는 사람들로 초입부터 북적였다. 초행길이었지만 사람들을 따라가면 되니 길을 헤맬 염려가 없었다. 낯선 곳에서는 항상 지도를 놓지 못하는데, 이번엔 마치 동네 공원에 온 듯 편하게 가을 풍경을 즐길 수 있었다.

1972년 뮌헨 올림픽 개최를 계기로 조성된 올림픽 공원은 사진에서 보던 것보다 더 아름답고 규모가 웅장했다. 노란색과 주황색으로 물든 나뭇잎들, 햇빛을 받아 초록빛이 눈부시게 드러나는 잔디밭, 텔레토비 동산을 연상케 하는 완만하고 둥근 언덕, 한가로이 자전거를 타거나 그룹지어 달리는 사람들, 가족 단위로 나들이를 나온 사람들….

종아리 통증 때문에 긴장을 놓을 수 없었지만, 이 순간만큼은 더없이 평화로웠다. 원래 계획대로라면 배번만 받고 빨리 숙소로 돌아가서 쉬어야 했다. 하지만 시내로 나가 새로운 풍경을 보는 순간, 자꾸만 더 가보고 싶어서 발걸음을 멈출 수가 없었다. 마라톤 참가자가 아닌 영락없는 관광객이었다. 설렘을 주체하지 못해 뮌헨 명소인 마리엔플라츠와 그 주변을 온종일 쏘다녔고, 평소 걸음 수보다 훌쩍 넘는 1만 4,000보나 걸어버렸다.

숙소로 돌아오는 길에 왼쪽 종아리 통증이 더 심해졌다. 이미 마라톤을 달린 것처럼 양다리가 너무 무거웠다. 방에 들어가자마자 다리를 몸보다 높은 곳에 올려 두고 잠시 누웠다.

'이런 컨디션으로 완주할 수 있을까?'

처음 도전하는 대회인데 얼마나 달릴 수 있을지 감이 오질 않았다. 계속 두려운 마음과 싸우고 있는데, 닉네임 나무 님에게서 메시지가 왔다. 내일 만날 장소와 시간에 대한 내용이었다. 그제야 조급했던 마음이 조금 차분해졌다. 혼자가 아니라는 사실이 큰 위안이 됐다.

나무 님을 알게 된 건 정말 우연이었다. 독일로 떠나는 날 아침, 뮌헨에 거주하면서 같은 대회에 참여하는 한국 사람이 있을 수도 있다는 생각이 번뜩 들었다. 포털사이트 검색창에 '뮌헨 마라톤 일상'을 검색해보았다. 정말 뮌헨에 살며 하프 마라톤에 참여하려는 분의 블로그가 검색되었다. 자석처럼 마음이 확 끌려 바로 블로그를 클릭하고 댓글을 남겼다.

"첫 하프 마라톤인데 원정에다 혼자라서 긴장이 많이 돼요. 당일에 동행할 수 있을까요?"

댓글을 남긴 지 20분 만에 답글이 달렸다.

'세상에, 이렇게 빨리 답장이 오다니!'

날짜가 지난 후에 확인할 수도 있고, 관리하지 않는 블로그라면 영영 묻힐 수도 있었을 텐데, 정말 신이 도와주시는 것 같았다.

무거운 몸을 겨우 일으켜 저녁거리와 아침에 먹을 빵과 바나나를 샀다. 숙소로 돌아오는 길에 문을 열고 들어서자마자 민박집 사장님과 마주쳤다.

"마라톤 내일이죠? 꼭 완주하세요. 파이팅!"

한식이 먹고 싶어 일부러 한인민박에 머물렀는데, 사장님과 한국인 여행자들의 든든한 응원을 받을 수 있었다.

"내일 아침에 한식을 못 먹어서 빵을 사서 오는 길이에요. 너무 억울해요. 마라톤이 끝난 다음 날에는 조식 두 배로 먹을 거예요."

"허허허. 그러세요."

하회탈처럼 눈이 휘어지는 사장님의 웃음 덕분에 잔뜩 긴장했던 마음이 조금은 누그러졌다.

저녁을 먹고 나서 다음 날 입을 옷과 가져갈 물품을 최종 점검한 뒤 밤 10시부터 침대에 누워 잠을 청했다. 잠을 푹 자면 근육이 회복되고 종아리 통증도 사라지리라. 밤사이 통증이 도망가서 아침에 '어? 통증이 어디 갔지?' 하고 기분 좋게 하루를 시작할 수 있다면, 얼마나 좋을까. 오직 이것만을 위해 독일까지 왔는데 기어서라도 완주하고 싶을 만큼 간절했다.

눈을 감고 내일 펼쳐질 하루를 미리 그려보았다. 이 밤이 지나면 나는 마라톤 대회 현장의 한가운데에 있을 것이다. 달리기를 사랑하는 수많은 사람들의 땀, 열정, 에너지가 뒤섞인 진정한 축제의 향연 속에 말이다.

이런, 큰일 났다! 잠이 오기는커녕 마음이 더 두근거리기 시작했다.

새벽 5시에 깨고 나서 선잠에 들었다 깨기를 반복했다. 한 번도 경험해보지 않은 하프 마라톤을 하루 앞두고, 느긋하게 잠들고 일어나기란 애초에 불가능했다. 아침이 밝아오자 정말 그날이 왔음이 실감났다. 신청할 때만 해도 한참 남았다고 생각했는데 어느새 한 자릿수로 바뀌더니 당일이 되어버렸다.

세수를 하고 정신을 차린 뒤 날씨를 체크했다. 어제보다는 조금 더 쌀쌀하고 햇빛이 나지 않는 흐린 날씨였다. 긴팔을 입을지, 반팔을 입을지 자기 직전까지 고민했는데, 결국 얇은 긴

팔과 반팔을 겹쳐 있는 것으로 결론을 내렸다. 그래도 달리다 보면 땀이 날 듯해서 바지는 계획했던 대로 무릎 위까지 올라오는 반바지를 입었다. 아침식사로는 전날 사둔 바나나와 빵, 올림픽 공원에서 받은 에너지바를 꼭꼭 씹어 먹고, 물도 중간중간 충분히 마셨다. 화장실에 다녀온 후 한결 가벼워진 몸과 마음으로 문을 나섰다.

'어? 다리가 왜 이렇게 가볍지?'

숙소 계단을 내려가는데 분명 잠들기 전까지 돌덩이 같았던 다리가 완전히 회복되어 있었다. 밤사이에 정말 도망이라도 갔는지 찌릿하던 통증이 사라진 것이다. 몸에게 너무 고마워서 눈물이 날 뻔했다. 그 순간, 눈앞에 펼쳐진 풍경이 어제와는 완전히 다르게 보였다. 해가 나지 않는 흐린 날씨인데도 건물과 거리가 반짝였고, 차가운 공기는 더없이 상쾌했다. 나도 모르게 발걸음이 점점 빨라졌다. 그렇게 10미터 정도를 달렸다.

'우와, 다리가 진짜 멀쩡하네!'

지하철역으로 가는 발걸음이 깃털보다도 더 가벼웠다.

올림픽 공원 내에 짐을 맡기는 곳에서 드디어 나무 님과 상봉했다. 혼자 달리는 것에 아무리 익숙해도 3만 명이 참여하는 큰 대회는 처음이었다. 나무 님을 보자마자 그동안 쌓였던 초조함이 눈 녹듯 사라졌다.

"이제 한 시간 정도 남았으니까 출발하는 곳 근처로 가서 몸 좀 풀까요?"

하프 마라톤 참가자만 1만 3,500명. 예상 완주 시간에 따라 A부터 E그룹까지 나눠지는데, E그룹인 우리는 앞 그룹이 출발해 빠질 때까지 꽤 긴 거리를 걸어야 했다.

"아, 떨려. 저희 곧 출발하겠네요."

"그러게요. 진짜 떨려요."

"어? 근데 앞에 있는 사람들이 달리는데요? 벌써 시작한 건가?"

"왜 달리지? 출발선까지 한참 더 가야하는데."

출발선이 보이지도 않는데 사람들이 갑자기 달리기 시작했다. 선두그룹이 하나씩 빠지면서 병목이 해소됐고, 틈이 생기자 사람들이 달리기 시작한 것이다. 뒤에서 사람들이 우르르 달려오는 바람에 같이 달리면서 출발선을 지났고, 엉겁결에 하프 마라톤이 시작됐다.

"저는 제 페이스대로 천천히 달릴게요. 파이팅!"

마음 같아선 속도를 내 따라가고 싶었지만, 꾹 참았다. 이제부턴 오롯이 나 자신과의 싸움이었다. 21킬로미터를 쉬지 않고 달리려면 무엇보다 내 페이스를 지키는 것이 중요했다.

하프 마라톤은 올림픽 공원을 한 바퀴 돈 후 개선문, 마리엔 플라츠 등 랜드마크를 지나 다시 올림픽 공원으로 돌아오는 코스였다. 시내로 진입하고 웅장한 개선문이 눈에 들어오는 순간, 절로 탄성이 흘러나왔다. 개선문을 향해 시원하게 뻗은 4차선 도로의 왼쪽에는 반환점을 찍고 돌아오는 사람들이, 오른쪽에는 반환점을 향해 나아가는 사람들이 동시에 달리는 장관이 펼쳐졌다.

나보다 두 배 이상 빠른 속도로 질주하는 선두그룹부터 나보다 앞서 반환점을 향해 가는 그룹, 나와 비슷한 페이스로 가는 그룹, 나보다 느린 페이스로 따라오는 그룹까지. 속도는 모두 다르지만 우리는 한 곳을 향해 함께 나아가고 있었다.

특히 나보다 조금 앞서 달리고 있는 참가자들에게 정말 고마운 마음이 들었다. 공식 페이스메이커는 놓쳤지만 내 바로 앞에서 달리는 모든 이들이 나의 페이스메이커였다. 이들의 뒤통수와 발끝을 번갈아보며, 일정한 속도와 리듬을 유지할 수 있었다.

한편, 거리에는 참가자들 못지않게 정말 많은 시민들이 나와 있었다. 시민들의 거리 응원은 에너지젤만큼의 효과가 있었다. 10킬로미터 구간을 지날 때쯤 다리에 부하가 오고 부스터가 필요한 순간이 찾아왔다. 그때 손을 내밀고 있는 시민들에게 다가가 손바닥이 얼얼할 정도로 세차게 하이파이브를 했다.

그리고 슈퍼 마리오 속 빨간색 버섯이 그려진 'Tap here to power up(여기를 터치하고 힘을 얻으세요)'라는 안내판이 보이면, 가서 있는 힘껏 터치했다. 그러고 나면 빨간색 버섯을 먹고 키가 커지는 마리오가 된 것처럼 신기하게 다리에 힘이 다시 들어가고 기운이 샘솟았다.

그렇게 힘을 받아 17킬로미터까지는 버틸 수 있었다. 하지만 어느 응원도 통하지 않는 구간이 찾아왔다. 18킬로미터를 지날 때쯤 사점(死點)이 온 것이다. 다리가 돌처럼 굳은 것 같았고, 내 뜻대로 움직여지지 않았다. 쥐가 나서 다리를 잡고 멈춰 있는 사람들, 걷는 사람들이 보이기 시작한 것도 그쯤부터였다.

달려야 할까, 걸어야 할까. 마음속에서 끝없는 싸움이 벌어졌다. 분명 달리고 있는데 큰 벽이 가로막고 있는 것 같았다. 걷는 것만큼은 어떻게든 피하고 싶었지만 발을 내딛는 순간마다 고통이 밀려왔다. 결국 19킬로미터에서 달리기를 멈춰버렸다.

그런데 2시간 넘게 쉬지 않았던 달리기를 멈추는 순간, 긴장이 풀리며 다리 전체와 발바닥에 강한 통증이 밀려왔다. 걸어서 완주하겠다는 계획은 3초 만에 없던 일로 했다.

'그래, 오늘 끝까지 달려보자.'

이를 꽉 악물고 다시 달리기 시작했다. 걷는 사람들을 보지 않으려고 시선은 일부러 바닥에 두었다. 달리는 것 외에는 어떠한 것에도 에너지를 쓰지 않으려고 노력했다. 여기까지 올 수 있도록 힘이 되어준 시민들의 응원, 신나는 음악, 내 시야 안에서 달리는 사람들을 흰색 물감으로 덮어버렸다. 심지어 대회에 참가하고 있다는 것, 달리고 있다는 것, 무거운 다리와 통증조차도 나와 아무 상관이 없는 것처럼 분리하려고 했다. 머릿속 모든 생각이 사라진 시점부터는 그저 몸이 이끄는 대로 한 발 한 발 나아갔다.

마침내 결승점이 있는 올림픽 공원 안으로 들어섰다. 많은 사람들이 전속력을 내 결승점까지 질주하기 시작했다. 멀찍이 결승점 게이트 윗부분이 보였다.

'이제 조금만 더 가면 돼. 거의 다 왔어!'

쇠사슬을 맨 것처럼 다리가 무거웠지만 할 수 있는 대로 속도를 조금 더 끌어올렸다. 1킬로미터, 500미터, 100미터⋯. 끝나지 않을 것 같았던 레이스가 어느새 끝을 향해 가고 있었다.

원래 목표 시간은 2시간 30분 안에 들어오는 것이었지만, 사점을 경험하고 나서는 오직 완주만 바라봤다. 결승점을 향한 질주나 양손을 번쩍 드는 포즈 따위는 없었다. 어느 대회보다 가장 길었고, 가장 힘들었으며, 가장 차분하게 결승선을 통과했다.

'드디어 끝났어. 잘했어. 정말 수고했어!'

포기하지 않은 나를 향해 짧은 박수를 보냈다. 그 순간 참고 있던 눈물이 왈칵 쏟아졌다. 완주하지 못할까 봐 수없이 마음 졸였던 지난 며칠이었다. 대회 전부터 느꼈던 종아리 통증, 하루 전날 컨디션 관리 실패, 18킬로미터에 찾아온 사점…. 위기의 순간이 정말 많았다.

그러나 그 모든 고통과 불안을 견뎌내고 완주했을 때 밀려오는 감정은 단 몇 마디 말로 담아낼 수 없었다. 내일 아침, 해가 뜨면 난 다시 평범한 일상으로 돌아가겠지만, 삶은 이전과 결코 같을 수 없다. 메달에 각인된 기록처럼 평생 지워지지 않을 뜨겁고 단단한 무언가가 마음속에 새겨졌기 때문이다.

학창시절 100미터 달리기 경주를 하면 내 뒤에는 늘 아무도 없었다. 결승선에 가장 먼저 들어온 사람에게는 환호와 박수를 보내지만, 꼴등을 끝까지 응원하는 이는 없었다. 그런데 하프 마라톤에서 2시간 넘게 달리며 일면식도 없는 수많은 사람들의 응원을 받았다. 그리고 비슷한 페이스에 있는 사람들과 무언의 응원을 주고받고, 앞서거니 뒤서거니 하면서 서로의 완주를 도왔다.

어깨가 구부정한 백발의 할아버지는 나보다 더 잘 달리셨으며, 참가자 중에는 한 손으로 목발을 짚으며 풀 마라톤을 완주한 70대 러너도 있었다. 이처럼 마라톤 현장은 수많은 영감으로 나를 자극하며 끊임없이 설레게 만들었다.

메달을 목에 걸고 다시 만난 우리는 서로의 완주를 진심으로 축하했다.

"와, 맥주를 주네요."

'맥주의 나라'가 아니랄까 봐 마라톤 후에도 맥주를 주는 뻔함에 웃음이 나왔다.

"논알콜 맥주는 달리고 나서 회복에 좋대요."

나무 님이 컵에 맥주를 받아 건네주며 말했다.

"정말요? 몰랐어요."

평소에 맥주를 즐기지 않았지만 시원하게 한 모금 들이켰다. 쌉싸름하지 않고 맛이 엄청 고소해서 물처럼 부드럽게 넘어갔다. 숙소로 돌아가려는데 바지와 신발에 허옇게 남은 에너지젤 자국이 눈에 들어왔다. 뜯자마자 힘 조절을 못 하고 푹 눌러서 반을 밑으로 쏟아버린 세 번째 에너지젤이었다.

조금 더 힘을 내보겠다고 얼마 남지 않은 걸 남김없이 꾹꾹 짜 먹었던 기억. 이것도 이제 추억이 됐다. 남김없이 쏟아냈고, 정말 '하얗게' 불태운 오래도록 기억에 남을 하루였다.

가을과 겨울 사이 그 어느 지점을 지나며 공기는 더욱 차가워지고 계절의 풍경이 달라졌다. 늘 푸릇푸릇할 것 같던 동네 앞산에는 단풍이 곱게 들었고, 혈기왕성한 청년의 모습에서 중후한 신사로 변모한 산의 자태는 이전보다 더욱 멋들어져 보였다. 시간은 정직하게 흐르고 계절은 변하고 있었지만 첫 하프 마라톤의 여운은 왼쪽 발목의 통증과 함께 여전히 남아있었다. 연속으로 10킬로미터 대회와 하프 마라톤에 참가한 탓에 무리가 왔는지 왼쪽 복사뼈 부근에 통증이 생겼고, 몇 주간 달리기를 쉬어야 했다.

153

날씨가 더 추워지기 전 늦가을을 만끽하기 위해 여행을 계획했다. 이탈리아 북부 지역에는 세계적으로 유명한 돌로미티 산맥을 비롯해 멋진 산들이 많다. 그래서 여행지를 고를 때 어느 도시로 가느냐가 아니라 어느 산으로 갈 지를 고민한다.

이번 여행지는 몬테 본도네 산 근처에 있는 바손으로 정했다. 바손은 트렌토 현에 사는 사람들이 여름에는 하이킹, 겨울에는 스키를 타기 위해 많이 찾는 휴양지다. 날씨가 좋으면 돌로미티와 알프스까지 보인다는 말에 설렘을 가득 안고 길을 떠났다. 굽이굽이 휘어진 도로를 따라 한참을 올라가니, 과연 듣던 대로 장엄한 산세가 눈앞에 드러났다.

바손 탐방을 하려고 호텔에서 나오자마자 몬테 본도네의 파노라믹 뷰가 펼쳐졌다. 가장 멀리에는 송곳니처럼 뾰족하게 솟은 회색 봉우리들이, 그 앞으로는 어두운 갈색으로 물든 둔중한 능선의 산들이 얼핏 보면 한 산인 것처럼 조화롭게 공존하고 있었다. 신의 존재를 믿는 나는 신의 손끝에서 빚어진 산을 볼 때마다 경이로움을 넘어 경외감에 사로잡힌다. 억겁의 시간 동안 같은 자리에서 얼마나 많은 풍파를 견뎌냈을까.

그럼에도 한결같이 자리를 지켜온 우직함을 생각하니 나를 괴롭히던 고민들이 작게 느껴졌고, 장엄하나 과시하지 않으며, 수려하나 고요한 그 겸손함 앞에 마음속 깊은 평안이 깃들었다.

차를 타고 조금 더 내려가자 산으로 둘러싸인 평평한 초원이 펼쳐졌다. 초입부터 울창하고 높게 뻗은 유럽가문비나무들이 존재감을 드러냈고, 그 뒤로 브렌타 돌로미티 산맥이 눈에 들어왔다. 눈 덮인 톱니 모양 봉우리들은 아주 멀리 있었지만, 손을 뻗으면 닿을 듯 생생하게 다가왔다. 이런 풍경을 바라보며 달리면 얼마나 행복할까. 발목 통증 때문에 달릴 수 없는 것이 못내 아쉬웠다.

조금 더 안쪽으로 들어가니 풀을 뜯고 있는 당나귀 떼들이 보였다. 조심조심 당나귀들에게 다가가 보드라운 귓털을 만졌는데, 그러든지 말든지 미동도 않고 풀을 뜯는 모습을 보니 괜스레 웃음이 나왔다.

오른쪽으로 고개를 돌리자 바람에 살랑살랑 움직이는 유럽가문비나무 숲이 들어왔다. 나무들 사이에 햇살이 비추면서 잔디밭 위에 멋들어진 그림자가 드리웠다. 마치 바늘처럼 가늘고 짧은 잎들을 정성들여 파낸 한 점의 판화처럼 보였다.

뜨거웠던 여름을 보내고 추운 겨울이 오기 전, 잠시 숨을 고를 수 있는 가을이 있어 참 다행이라 생각했다. 자신의 고유한 빛과 색을 잃지 않는 자연 속에 있는 것만으로 '쉼'이 됐고, 다시 일상으로 돌아갈 힘이 채워졌다. 쉬이 떨어지지 않는 발걸음을 돌려 주차장에 도착했는데 자동차를 본 순간 심장이 쿵, 하고 내려앉았다. 자동차 뒷좌석 창문 유리가 산산조각이 나있었다. 자동차 창문을 깨고 소지품을 훔쳐가는 일은 유럽에서 흔히 볼 수 있는 절도 수법이다. 아일랜드에 살 때부터 익히 들었지만 내게도 일어날 줄은 꿈에도 상상하지 못했다. 깨진 유리와 없어진 가방을 눈앞에서 확인하고도 현실처럼 느껴지지 않았다. 남편의 가방은 트렁크에, 스마트폰은 주머니에 있었던 것이 그나마 불행 중 다행이었다. 절도 증거를 남기기 위해 깨진 유리를 비롯해 차 내외부를 사진으로 꼼꼼히 남겼다. 주변에 지나다니는 사람이 거의 없었고, CCTV가 없다는 것을 알고 노린 범행이었다.

매일 사용하는 물품과 지갑, 호텔 체크인을 위해 챙겨간 여권 등 그야말로 중요한 물건이 몽땅 없어져 버렸다. 필요한 것만 챙기고, 가방은 어딘가에 버렸을지도 모른다는 생각에 쓰레기통까지 뒤지며 주변을 샅샅이 살펴봤지만, 끝내 찾을 수 없었다. 도난 장소에서 100미터쯤 떨어진 곳에 레스토랑이 있었다. 도난당한 사정을 들은 직원은 대수롭지 않다는듯 종이와 펜을 건네며 말했다.

"이 동네에서 흔한 일이에요. 내 친구도 가방을 도난당했는데 근처에 버려졌었어요. 혹시 모르니 그쪽에 들러보세요. 그리고 여기에 연락처랑 가방 색깔 적어주세요. 혹시 찾게 되면 연락줄게요."

집으로 돌아오는 길, 뻥 뚫린 창문으로 들어오는 찬바람이 내 마음 가운데 난 구멍을 스치고 지나갔다. 살면서 겪어본 도난 중에 가장 큰 사건이라 충격이 쉽사리 가시지 않았다. 지갑에는 지폐 없이 동전 몇 개만 들어있었고, 아이패드와 신용카드는 바로 분실 신고했다. 한국 운전면허증, 여권, 이탈리아 거주 허가증이 한꺼번에 없어진 것이 몹시 마음에 걸렸다. 세 개 중 하나만이라도 돌아온다면 더 바랄 게 없었지만 헛된 기대일 뿐이었다.

집에 도착하고 다음 날이 되어서도 후회가 계속 밀려왔다.

'가방을 뒷좌석에 두지 않았더라면, 사람들이 오가는 레스토랑 앞에 주차했더라면, 조금 더 빨리 차로 돌아왔더라면….'

새로운 하루가 시작됐지만 여전히 그 주차장에 대한 생각을 떨쳐버리지 못했다. 이러한 마음을 안고 집에만 있으면 상태가 더욱 나빠질 게 뻔했다. 상심한 마음을 조금이라도 털어내려면 달리러 나가는 수밖에 없었다.

이런 내 마음을 위로라도 하듯이 가을 햇살이 눈부시게 내리쬐고 있었다. 움직일 때마다 느껴지던 찌릿한 발목 통증도 신기하게 그 순간만큼은 잠잠했다. 시계를 보지 않고 오직 몸과 마음이 가는대로 천천히 한 발씩 내딛었다. 충격과 허탈감으로 덮여있던 마음에 조금씩 숨길이 트였다.

'도난당한 물건은 얼마든지 다시 살 수 있잖아. 살아가는 데 전혀 지장이 없는 것들이고. 강도를 만나 해를 당하지 않은 게 얼마나 다행이야.'

생각해보니 남편과 내가 무사히 집에 돌아온 것만으로도 너무 감사했다. 혹여나 그 자리에서 강도를 대면하거나 어떤 형태로든 직접적인 해를 입었다면 어땠을까. 지금보다 마음이 더 끔찍했을 것이다.

자연 속에서 누렸던 깊은 평안과 기쁨은 말미에 일어난 그 일로 결코 훼손될 수 없었다. 돈으로 환산할 수 있는 것들은 잃었지만 돈으로도 살 수 없는 것들을 얻었다. 잃은 것보다 얻은 것이 훨씬 많은 여행이었다.

평소보다 짧은 3킬로미터를 달렸다. 애써 힘을 주지 않아도 몸이 자연스럽게 앞으로 나아갔다. 달리고 나니 절망으로 가득했던 어제는 없었다. 달릴 수 있음에 그저 감사한 오늘, 그리고 어떤 멋진 일이 펼쳐질지 모르는 내일만이 있었다. 삶이 아무리 나를 속일지라도 다시 일어서서 달리고 꿈꾸리라. 소중하지 않은 것 때문에 소중한 것을 놓치고 살기에는 인생이 너무나 짧다.

바르셀로나를 8년 만에 다시 왔다. 공항에 도착하니 첫 여행이 떠올랐다. 흥 많고 넉살 좋은 가이드님을 만나 가우디 투어를 하며 수많은 인생 샷을 남겼고, 거기에서 친해진 여행자들과 밤늦도록 샹그리아 잔을 기울이며 저마다 살아온 인생 이야기를 나누었다.

그땐 사그라다 파밀리아 성당을 다시 볼 수 없을지도 모른다는 아쉬움에 기념주화까지 사면서 무사히 완공되기를 기원했다. 그런 후 8년 사이에 내 인생은 완전히 바뀌었다. 아일랜드에서 남편을 만났고, 유럽에서 산 지 10년 차가 됐다. 그리

160

고 컨퍼런스에 참석하러 오랜만에 바르셀로나를 찾았다.

컨퍼런스가 열리는 장소와 숙소는 바르셀로나의 랜드마크인 콜럼버스 기념탑에서 도보 5분 거리였다. 공항버스 종착점인 카탈루냐 광장에서 내려 숙소로 가는 도중 여러 러너들과 마주쳤다. 사람들과 차가 많은 시내에서 달리는 것을 좋아하지 않지만, 이들을 보니 당장이라도 옷을 갈아입고 함께 달리고 싶었다.

첫 바르셀로나 여행이 도시 내 유명한 곳을 돌아보는 여행이었다면, 이번 여행은 컨퍼런스 한 스푼에 러닝 두 스푼을 추가한 '런트립'이었다. 컨퍼런스만 끝나면 이틀의 자유 시간이 있었고, 일출을 보며 바르셀로네타 해변에서 달릴 날만 손꼽아 기다렸다.

컨퍼런스 당일 회식까지 마치고 숙소로 돌아오니 거의 자정이 다 되어 있었다. 하루 종일 많은 일정을 소화한 탓에 피곤이 급속도로 몰려왔다. 빨리 침대에 눕고 싶어서 부랴부랴 샤워를 했고, 씻고 나니 온몸이 노곤노곤했다. 눕기 전에 러닝복을 미리 꺼내 두고 내일 아침을 머릿 속에 그려보았다.

'일출시간이 7시 30분이니까 7시에만 일어나도 충분하겠지?'

그러곤 바로 잠이 들었다. 다음 날, 알람이 울리기도 전인

6시 30분에 저절로 눈이 떠졌다. 몹시 피곤할 줄 알았는데 신기하게도 정신이 말똥말똥했다. 자고 있는 동료가 깨지 않게 고양이처럼 방을 빠져 나온 후 러닝복으로 후다닥 갈아입었다. 해가 떠오르는 순간을 1초도 놓치지 않기 위해 최대한 발걸음을 재촉했다.

그런데 웬걸, 밤사이에 비가 왔는지 길바닥이 축축했고, 하늘엔 짙은 먹구름이 깔려 있었다. 오늘 일출 보기는 글렀구나, 라고 생각하며 람블라스 거리로 터벅터벅 걸어가고 있는데 한 명, 두 명 이른 아침에 달리러 나온 러너들이 보였다. 달리기를 시작하고 많은 변화가 있지만 그중 하나는 러너들이 눈에 정말 잘 띈다는 것이다. 달린다는 공통점만으로도 마음이 열리고, 자연스럽게 응원하게 되는 신기한 변화였다.

일출 러닝은 못해도 이들만 따라가면 현지인처럼 달릴 수 있겠다는 생각에 신이 났다. 손에 들고 있던 스마트폰을 주머니에 넣고 가볍게 스트레칭을 했다. 보통 여행이라면 지도 앱에서 눈을 뗄 수 없겠지만, 런트립에서는 저들이 나의 지도 앱이었다. 람블라스 거리 중간 지점에서부터 시작해 콜럼버스 기념탑을 지나 바다 쪽으로 향했다. 하루 전날, 근처에서 달리고 온 동료가 러닝 코스가 짧다며 아쉬워했었는데, 바다 주변을 달려 보니 5킬로미터도 채 되지 않았다.

한 바퀴를 다 돌고 반복해서 달려야 하나 고민하던 차에 차도 쪽으로 가는 러너들을 발견했다. 평소에 차도 옆에서 달리는 걸 좋아하지 않아서 잠시 망설였지만, 무슨 길이 나올지 궁금해서 따라가 보았다. 100미터쯤 달리다가 도로를 건너니 바르셀로네타 해변이 나타났다. 습하고 세찬 바닷바람에 야자수 나무 잎은 맥없이 휘날렸고, 얼굴은 이슬비를 맞아 금세 촉촉해졌다. 예상대로 이른 아침부터 많은 사람들이 해변에서 달리고 있었다. 비바람에도 아랑곳하지 않고 달리는 이들의 얼굴에는 생기와 활력이 가득했다.

오랜만에 바다 냄새를 맡으며 해변 위에 서있으니 포르투갈에 온 것 같은 착각이 들었다. 11월에도 해수욕을 하는 사람들, 서핑을 하는 사람들, 달리는 사람들, 반려견과 산책하는 사람들…. 해변 러닝에 푹 빠져 지냈던 그때가 떠올랐다. 바르셀로네타 해변 끝에는 또다른 해변이 펼쳐졌다. 달리다가 걷고 싶으면 걸었고, 사진을 찍기 위해 잠시 멈춰 서기도 했다. 그렇게 발길이 흘러가는 대로 달리니, 이곳이 더 이상 낯설게 느껴지지 않았다. 그리고 그 순간만큼은 이방인이 아닌 현지인이 된 것 같았다.

그렇게 두 시간 정도 달리고 나니 허기가 올라왔다. 짠 내 섞인 바다 공기에 흠뻑 절여진 몸을 이끌고, 근처 브런치 카페로 향했다. 달콤한 시럽이 뿌려진 두툼한 팬케익을 순식간에 해치우고, 목이 말라 아이스 아메리카노를 주문했다. 그런데 뜨거운 커피가 담긴 잔과 큰 얼음 덩어리가 담긴 컵이 함께 나왔다. 한국에서 먹던 아이스 아메리카노를 기대하고 시킨 내 잘못이었다. 아차 싶었지만, 이 또한 여행의 추억이라 생각하니 웃음이 나왔다.

숙소에 들어가 점심을 먹고, 잠시 쉰 후에 두 번째 런트립 장소로 향했다. 바르셀로나 올림픽에서 황영조 선수가 달렸던 '몬주익 언덕'에 꼭 가보고 싶었다. 숙소에서 멀지 않아 대중교통을 타지 않고 지도를 따라 천천히 걸었다. 연달아 나오는 오르막길을 따라 올라가자 바르셀로나 시내 전경이 한눈에 들어왔다.

계속 걷다가 30여 년 전 황영조 선수가 달렸던 길과 비슷한 길을 찾아냈다. 양 옆으로 나무가 빼곡히 심겨져있는 좁은 오르막길이었다. 11월 늦가을, 걷기만 해도 땀이 나는데 30도가 웃도는 한여름에 어떻게 이 길을 달렸을까. 고통스러운 오르막길이 끝나고 일본 선수와의 격차가 크게 벌어졌을 때, 대한민국을 들썩였던 환호 소리가 여전히 생생하게 울려 퍼지는 듯했다.

달리고 나서야 알 수 있었다. 황영조 선수가 버텨낸 마지막 남은 거리가 어떤 의미였는지를. 그는 금메달을 딴 후 4년 뒤에 은퇴를 선언했다. 비교적 짧은 선수 생활이었지만, 온 국민의 기대를 짊어져야 하는 쉽지 않은 자리였을 것이다. 30여 년이 지난 지금 그는 지도자가 됐고, 풀 마라톤 완주를 다시 꿈꾸고 있다. 바르셀로나에서는 1등을 하기 위해서, 누군가를 이기기 위해서 고통을 참으며 달렸지만, 이제는 자신만의 즐거움을 위해 달린다. 그가 다시 풀 마라톤을 완주하는 날이 마치 내 일처럼 기다려진다. 결과에 대한 압박 없이 그저 즐겁고 행복하게 달리는 그의 모습을 보고 싶다.

1992년 겨우 여섯 살이었던 나는 그가 목에 건 금메달의 무게와 의미를 다 알지 못했다. 그래서 몬주익 언덕을 쉽게 떠나지 못하고 한참을 머물러 있었다. 대한민국의 자부심이 되어준 그에게 그때 다 전하지 못한 감사와 경의를 표하며.

"겨울에는 1마일도 2마일이 된다."(조지 허버트)

뭐든 두 배는 더 힘들고 길게 느껴지는 계절이 겨울이다. 같은 의미지만, 나는 이렇게 말한다.

"세 개, 네 개 할 것도 겨울에는 겨우 하나만 하게 된다. 아니, 그 하나마저도 못할 수 있다."

추위는 언제나 맞서야 하는 것이 아니라 피해야 하는 것이었다. 겨울이 되면 몸이 움츠러들 뿐 아니라 마음과 의지까지도 쉽게 약해졌다. 10월 말부터 오후 4시면 해가 지고, 겨울이

유난히 길었던 아일랜드에서는 빼기 인생을 살았다. 세 개를 계획해도 날씨 때문에 두 개를 미루거나 포기했다. 일조량이 적으니 활력이 떨어지고, 몸의 움직임이 둔해졌다. 그래서 봄이 올 때까지는 동면하는 곰처럼 활동을 줄이고 에너지를 아꼈다(너무 아껴서 문제이긴 했지만).

그랬던 내가 한여름에도 달리기를 멈추지 않았고, 가을에는 하프 마라톤을 완주했다. 이제까지 쌓아온 노력이 얼만데, 겨울이라고 달리기를 쉬어갈 순 없었다. 그런데 옷장을 열어보니 겨울 러닝복이 하나도 없었다. 무기 없이 전쟁에 나가는 군인처럼 준비 없이 투지만 앞섰던 것이다. 유튜브에서 찾은 '겨울 러닝 복장' 영상들을 참고해 비니, 넥워머, 장갑, 조끼, 재킷 등 겨울 러닝 필수 아이템을 정리했다.

유튜브에서 배운 겨울 러닝 복장의 핵심은 차가운 공기가 폐로 직접적으로 들어가지 않도록 '잘 막아주는 것', 그리고 체온 유지를 위해 '얇은 옷을 겹쳐 입는 것'이었다. '보온성이 좋은, 두꺼운 재킷 하나면 되지 않을까?'라고 생각하기 쉽지만 땀이 식으면서 체온이 급격히 떨어지기 때문에 바로 땀을 배출할 수 있는 옷을 겹쳐 있는 것이 중요했다.

'맞아, 내가 그래서 겨울에 안 달렸지.'

그동안 겨울 달리기를 피했던 이유가 바로 여기에 있었다. 추위도 추위지만 다른 계절보다 신경 쓸 것이 배로 더 많은 계절이 겨울이다.

꼭 필요한 것만 주문했는데도 계좌에서 돈이 숭덩 빠져나갔다. 갑작스러운 지출에 잠시 움찔하긴 했지만, 겨울마다 요긴하게 사용할 것들이니 가치 있는 투자라 생각했다. 며칠이 지나자 반가운 손님처럼 주문했던 물건들이 하나씩 도착했다. 거울 앞에서 두께가 얇고 머리에 딱 붙는 러닝용 비니를 써봤다. 이럴 수가! 얼굴이 정말 볼품없어 보였다. 검정 비니를 쓴 채 검정 넥워머를 콧등까지 올리니 영화에서 보던 은행 털이범 같았다. 다소 수상한 행색이긴 했지만 그제야 제대로 무장한 군인처럼 보였다.

이로써 겨울 러닝에 뛰어들 준비는 완벽히 끝났다. 이제 추위에 정면으로 맞서는 정공법을 시험해볼 차례였다.

저녁 7시, 완벽하게 무장을 마치고 밖으로 나갔다. 기온은 영상 5도. 두 시간 전에 해가 져서 깜깜했고, 나오자마자 들어가고 싶을 만큼 도전적인 날씨였다. 겨울에 가장 힘든 건 이불 밖으로 나오는 것인데, 이불 밖은 물론 문 밖까지 나왔으니 가장 쉬운 '달리기'만 완수하면 됐다.

경직된 근육을 풀기 위해 트램펄린 위에 있는 것처럼 방방 뛰었다. 그러고는 가로등 하나 없이 캄캄한 포도밭 대신 동네 골목길을 향해 총총 걸어갔다. 집집마다 모든 창문이 닫혀있었고, 골목에는 개미 한 마리도 보이지 않았다. 저녁 시간, 동네 골목을 전세라도 낸 것처럼 달릴 수 있는 것이 겨울 러닝의 매력이다.

달리면서 코와 입을 통해 나오는 따뜻한 공기 때문에 넥워머가 조금씩 젖기 시작했다. 코에서는 약간의 콧물이 나왔지만 크게 거슬릴 정도는 아니었다. 2킬로미터를 넘어가니 추위에 적응이 됐고, 넥워머가 약간 덥게 느껴졌다. 넥워머를 내리면 땀이 순식간에 식어 추웠고, 다시 올리면 금세 더워졌다. 올렸다 내렸다를 반복하니 달리기에 제대로 몰입할 수가 없었다. 결국 코 아래 어정쩡하게 걸쳐있던 넥워머를 턱밑까지 내려버렸다.

"진작 내릴걸!"

한껏 가벼워진 몸과 마음으로 달리고 있는데, 지팡이를 짚고 지나가던 동네 어르신이 "Forza! Bravi(파이팅! 잘 하고 있어)!"라고 외쳐주셨다. 대회도 아니고 동네에서 달리면서 응원을 받다니, 정말 기분 좋은 서프라이즈였다. 나 역시

"Grazie(감사합니다)!"라고 화답했고, 부스터를 단 것처럼 힘차게 앞으로 나아갔다.

첫 겨울 러닝을 성공적으로 마친 후 겨울 러닝에 자신감이 붙었다. 다음 도전 장소는 우리 동네보다 더 춥지만, 훨씬 아름다운 풍경을 볼 수 있는 곳, 바로 몰베노 호수였다. 해가 나서 일부는 녹았지만, 여전히 눈의 흔적이 곳곳에 남아있었다. 차에서 내려야 하는데 히터로 따뜻해진 공기 때문에 엉덩이가 쉽게 떨어지지 않았다.

기온은 영상 1도. 냉동고 같은 그늘을 피해 햇빛이 머무는 곳을 골라 달렸다. 휴가철이 아니라서 관광객이 별로 없었고, 도로에 차도 거의 다니지 않아 달리기 편했다. 다만, 일부 길은 눈이 녹지 않고 얼어있어서 조심해야 했다. 녹은 길에서는 좀 더 빨리, 녹지 않은 길에서는 좀 더 느리게, 완급 조절을 하며 달리니 지루할 틈이 없었다.

마을을 돈 후에는 몰베노 호수 쪽으로 몸을 돌이켰다. 태양을 가득히 머금은 호수 위로 눈을 제대로 뜰 수 없을 만큼 윤슬이 반짝이고 있었다. 눈이 부시게 빛나는 호수를 바라보며 팔을 머리 위로 번쩍 들어올렸다. 그러고는 마치 눈앞에 결승선이 있는 것처럼 호수를 향해 전력으로 질주했다.

잊지 못할 피날레와 함께 호수 러닝을 마무리했지만 매서운 한기가 순식간에 온몸으로 파고들었다. 감기에 걸리지 않도록 얼른 차로 돌아가 히터를 켜고 몸을 녹였다. 온 몸이 녹으면서 금방이라도 잠이 쏟아질 것 같았다.

'이렇게 추운데 어떻게 달렸지?'

불과 몇 분 전까지만 해도 그곳을 달리고 있었다는 사실이 놀랍게 느껴졌다.

윈터링Wintering 이라는 단어는 '월동' 또는 '겨울을 살아 넘김'이라는 뜻이다. 써머링 Summering 이라는 단어도 있다. '피서' 또는 '더위를 피해 시원한 곳으로 옮김'을 의미한다. 이 두 단어의 차이가 재미있다.

여름은 '피하는' 계절이지만, 겨울은 살아 '넘기는' 계절이다. 겨울에는 매서운 추위 속에 모든 것이 얼어붙고, 생명력을 잃는 것 같다. 하지만 그 시간을 견디면 더 강하고 단단한 존재가 되어 모든 것이 새롭게 솟아나는 봄을 기쁘게 맞이할 수 있다.

영국 작가 캐서린 메이는 자신의 저서 《우리의 인생이 겨울을 지날 때》에서 바다 수영을 했던 경험에 대해 나눈다. 기온은 6도, 물 온도는 3도. 차가운 바닷속으로 들어가 추위를 온몸으로 받아들이고 난 후의 느낌을 이렇게 표현한다.

'나의 피가 혈관 속에서 생기 있게 빛나는 느낌이었다. 나는 두 번째에는 바다를 정복할 수 있고, 그 얼어붙을 듯한 추위 속에서 좀 더 오래 버틸 수 있을 것이라는 확신이 들었다.'

겨울에도 멈추지 않고 달릴 수 있어 참 다행이었다. 달리기가 아니었다면, 이렇게 겨울을 온몸으로 받아들일 수 있었을까. 피하고 움츠러들기만 할 때는 보이지 않던 겨울의 힘을 비로소 느꼈다. 진정한 생명력을 가진 계절은 모든 것이 깨어나는 봄이 아니라 준비되는 겨울이었다.

어릴 때 우리 집은 할아버지, 할머니와 함께 사는 대가족이었다. 중학생이 될 때까지 내 방이 없어서 할아버지, 할머니와 같이 잤다. 저녁 일일드라마가 시작하기 전 할머니가 내 이부자리를 펴놓으시면, 나는 다 된 밥에 숟가락만 얹듯 몸을 쏙 집어넣고 잠이 들었다.

새벽 4시 할머니와 내가 한참 꿈나라에 있으면 할아버지는 내 쪽으로 오셔서 이부자리를 반듯하게 정돈해주셨다. 삐뚤어지고 구겨진 이불의 각 모서리를 당겨 쭉 펴시고는 내 턱 밑까지 바짝 올리셨다. 그런 다음 양어깨와 이불 사이에 빈틈이 없

173

도록 꼭꼭 누르셨다. 몸에 열이 많아 이불을 자주 찼는데, 곱게 덮고 자라는 말씀은 한 번도 안 하셨다. 그저 손녀가 감기들지 않도록 매일 같이 이불을 덮어주는 것. 그것이 과묵하신 할아버지가 사랑을 표현하시는 방법이었다.

컴컴한 새벽 시간에 할아버지는 눈이 오나 비가 오나 동네 공원에서 조깅을 하셨다. 눈을 비비며 잠옷 차림으로 방에서 나오면 이미 조깅을 마치고 돌아오신 할아버지가 현관에 앉아 구두를 닦고 계셨다. 할아버지는 어떻게 매일 그 시간에 달리실까. 초등학생이었던 나는 공원에서 달리는 할아버지의 모습이 너무 궁금해서 방학이 되자마자 마음먹었다.

"엄마, 저 할아버지 따라서 새벽에 한번 나가보려고요."

"그렇게 일찍 일어날 수 있겠어?"

"어차피 방학이니까 할아버지랑 같이 뛰어보려고요. 그동안 할아버지가 매일 어떻게 달리시는지 궁금했거든요."

하지만 그렇게 당차게 말해놓고선 다음 날 나가시는 기척도 못 듣고 늦잠을 자버렸다. 그 이후로 몇 번을 더 시도해봤지만, 할아버지의 조깅은 끝내 볼 수 없었다.

마라톤 대회에 나가면 다양한 사람들을 만난다. 부모님과 비슷한 연배거나 더 많아 보이는 분들도 많다. 노화로 인한 주름과 피부처짐은 어쩔 수 없더라도 오랜 달리기로 만들어진 잔근육은 젊은 사람들 못지않게 탄탄하다. 한 눈에 봐도 마라톤 고인물의 포스가 가득 뿜어져 나온다.

그런 분들을 보면 할아버지 생각이 난다. 어렸을 때는 몰랐는데, 할아버지는 달리기로 자신의 삶을 증명하신 거였다. 하루도 빠짐없이 같은 시간에 일어나셨던 성실함, 일흔의 나이에도 거뜬히 달리셨던 체력, 이른 새벽 아무도 없는 공원에 혼자 계셨던 강인한 정신력까지. 마흔을 앞둔 지금의 나는 할아버지에게 묻고 싶은 것이 너무 많다.

"할아버지는 어떻게 달리기를 꾸준히 하실 수 있었어요?"

"새벽에 그렇게 혼자 달리면 안 무서우셨어요?"

"언제부터 달리신 거예요?"

"새벽에 일어나기 싫을 때는 없으셨어요?"

"저 이제 곧 마흔인데요. 어떻게 하면 할아버지처럼 건강하게 나이들 수 있을까요?"

어렸을 때처럼 할아버지와 다시 도란도란 얘기를 나눌 수 있다면 얼마나 좋을까. 할아버지가 마당 흔들의자에 앉아계시면, 난 그 옆에 쪼르르 다가가서 할아버지가 해주시는 옛날애기를 들었다. 주로 할아버지의 어린 시절이나 우리나라 역사에 대한 이야기였다. 스토리텔링을 어쩌나 잘 하시는지, 시간 가는 줄 모르고 빠져들었다.

이야기 타임이 끝나면 할아버지와 함께 마당에 있는 나무와 꽃에 물을 주었다. 손녀의 구두를 아침마다 윤이 나게 닦아주시는 자상한 손길은 식물에게도 다르지 않았다. 그때는 당연하다고 생각했는데 돌아갈 수 없는 지금, 할아버지와 함께했던 그 모든 시간이 몹시 그립기만 하다. 만약 할아버지와 보낼 수 있는 단 하루가 주어진다면, 함께 마라톤을 뛰어보고 싶다. 그리고 할아버지와 함께 결승선에 들어서는 모습을 멋지게 사진으로 남겨두고 싶다.

포르투갈에서 첫 10킬로미터 대회에 참가했던 날, 오전 9시에 출발했는데도 초여름 태양의 열기가 금세 아스팔트를 달궜다. 시작 지점과 도착 지점은 벨렘의 랜드마크인 제로니무스 수도원이었다. 앞서가는 사람들의 뒤통수만 보다가 어느 지점에 다다랐을 때 반환점을 찍고 돌아오는 사람들이 보이기 시작했다.

'저 사람들은 벌써 돌아서 오는 거지?'

나는 앞길이 구만리 같은데 많은 사람들이 나보다 훨씬 앞서서 달리고 있었다. 그중 한 중년 여성이 눈에 들어왔다. 나이는 50대 후반이나 60대 초반쯤으로 보였다. 빠른 속도로 뛰고 있었지만 지친 기색이 하나도 없었다. 꼿꼿한 자세, 탄탄한 잔근육, 팔과 다리의 자글자글한 주름마저도 빛나 보였다. 딱 저렇게만 나이들 수 있다면 얼마나 좋을까!

내가 바라는 30년 뒤의 모습을 상상해봤다. 지금보다 머리카락이 더 희끗희끗하고, 세월의 흐름을 피하지 못한 얼굴에는 주름이 가득하다. 하지만 누구보다 활력이 넘치고, 부지런히 근육을 키운 덕에 풀 마라톤도 거뜬하게 달린다. 이런 60대라면 어떤 삶을 보내고 있을지, 인생의 시계를 빨리 돌려보고 싶을 정도로 궁금하다.

가끔 생각해본다. 만약 어쩔 수 없는 상황으로 달리기를 멈추게 된다면 내 인생은 어떻게 달라질까? 마음껏 달릴 수 있었던 과거를 회상하며 마냥 우울해하고 있을까, 그럼에도 마음껏 달렸던 시간이 있었기에 행복했다고 웃으며 말할 수 있을까.

어차피 인생은 열린 결말이다. 영영 달리지 못할 거라고 생각했던 상황에서도 어떤 반전이 있을지 모른다. 아일랜드 더블린 출신의 마라토너, 이안 워드의 인생처럼.

그는 서른한 살의 나이에 뇌암 말기 판정을 받았다. 당시 의

사는 그에게 5년 시한부 선고를 내렸다. 단 5년밖에 살 수 없
다는 얘기를 들으면 누구나 절망할 수밖에 없다. 하지만 그는
실의에 잠겨있지 않았다. 이후 총 열여덟 번의 마라톤을 뛰었
고, 뇌종양 연구를 위해 약 95만 달러(약 14억 원)를 모금했
다. 의사가 선고한 '마지막 해'는 이미 지났다. 여전히 마라톤
을 달리고 있는 그는 삶으로 보여준다. 끝날 때까지 끝난 게
아니며, 달릴 수 있을 때까지는 달릴 수 있다고.

"살살 달려라. 너무 열심히 달리면 무릎 닳아져."

한국에 계시는 엄마는 내가 너무 무리해서 달릴까 봐 늘 걱
정이시다. 한국에 갔을 때도 도착 3일 후에 열린 5킬로미터 대
회에 참여했는데, 휴가를 와서도 달리기 대회를 나간다며 혀
를 내두르셨다. 한국에 있는 동안 엄마와 공원에 가서 몇 번
같이 달렸다. 엄마는 슬로우 러닝과 걷기를 반복하셨고, 나는
조깅 페이스로 엄마보다 조금 앞서서 달렸다.

"엄마, 지금부터 꾸준히 달리세요. 걷기만 해서는 운동이 안
돼요. 숨이 찰 정도로 운동해야 돼요."

어느 순간 러닝 전도사가 되어 가족과 주변 사람들에게 달
리기의 좋은 점을 전파하고 있다. 숫자로 보이는 지표에 민감
해졌던 요즘, 90대 마라토너 인터뷰를 보며 나아갈 방향을 다

178

시 확인했다. 달리기는 단판도 아니고, 이기기 위한 것도 아니라는 것을.

인생의 마지막까지 달리기와 꾸준히 가보고 싶다. 작가 무라카미 하루키가 자신의 묘비에 넣고 싶다는 문구처럼 '적어도 끝까지 걷지는 않았던 인생'이기를 바란다.

마라톤 대회에는 제한 시간이 있다. 대회마다 차이가 있지만 대체로 풀코스는 6시간, 하프는 3시간 내외, 10킬로미터는 1시간 30분~2시간이다. 제한시간이 끝나면 교통 통제를 해제하고, 의료 지원이나 급수대를 정리하기 시작한다. 이 때문에 제한 시간 내에 완주하지 못한 참가자들은 도중에 포기하거나 인도로 올라와 달려야 한다.

주최 측에서 제한 시간을 두는 게 이해가 되면서도 초보 러너인 나에게는 늘 벽처럼 느껴졌다. 시간을 넘겨 물도 제대로 못 마시고, 인도에서 달려야 하는 상황을 떠올리면 겁부터 나기 때문이다. 게다가 5킬로미터와 10킬로미터 대회는 있는데, 15킬로미터 대회는 없다. 5킬로미터에서 10킬로미터를 도전하는 것보다 10킬로미터에서 하프 마라톤을 도전할 때의 정신적, 육체적 부담이 훨씬 크다. 긴 거리만큼 제한 시간에 대한 압박도 더 커진다.

그런데 만약 완주하지 못한다면? 적잖은 실패감이 나의 달리기 인생을 흔들지도 모르는 일이었다. 누구나 완주를 하기 위해 달린다. '대충 달리다 제한 시간 넘기면 그냥 집에 돌아오지 뭐' 하는 마음으로 도전하는 사람이 어디 있을까. 정 힘들면 걷더라도 결승선을 통과하기 위해 이를 악물며 달리는 것이 아닐까.

참가한 모든 대회가 기억에 남지만, 유독 이탈리아 아시아고에서 열린 트레일 러닝 대회가 기억에 남는다. 아시아고는 약 1,000미터의 고원으로 여름에는 트레킹과 산악자전거, 겨울에는 스키를 타러 많은 사람들이 찾는 곳이다. 여름에도 25도 내외로 선선하고, 아름다운 산악 지형이 사방에 펼쳐져 있어 여름휴가를 보내기에 완벽하다.

매년 6월에 트레일 러닝 대회가 열리는데, 코스는 과거에 기차가 다니던 철길이었다. 이제 그 철길의 흔적은 찾아볼 수 없지만, 산악 지역을 오르내리는 기차가 있었다는 것이 신기하게 다가왔다.

참가자들은 여기저기 흩어져 각자의 방법으로 레이스를 준비했다. 팀으로 참여하는 사람들은 함께 몸을 풀거나 출발선에서 단체 사진을 찍었고, 스트레칭을 하거나 주변을 가볍게 달리며 워밍업을 하는 사람들도 보였다. 함께 온 사람이 없는 나는 꾸어다 놓은 보릿자루처럼 출발선 근처를 배회했다. 첫 트레일 러닝인 데다 처음으로 혼자 뛰는 레이스여서 마음이 괜히 초조해졌다. 심호흡을 하면서 마음을 가다듬고 주변을 천천히 걸었다. 낮게 깔린 초원 위로 부드러운 바람이 지나가고, 초원 한가운데에는 작은 농가들이 점처럼 흩어져 있었다. 이 자연 속을 달린다고 생각하니 마음이 들뜨고 긴장이 조금 누그러졌다.

잠시 후 20킬로미터 참가자들이 먼저 출발했다. 한 사람 한 사람의 얼굴에서 활력과 자신감이 느껴졌다. 이들에게서 받은 좋은 기운을 간직하며 나도 20킬로미터를 달려보는 날이 곧 오기를 바랐다. 곧이어 10킬로미터 그룹 순서가 다가왔다. 출발선에 서서 대기하고 있는데, 어디선가 왈왈하며 개가 짖는 소리가 들렸다. 뒤를 보니 시각장애인 안내견이 있었다. 안내견을 잡고 있는 분은 나이가 지긋한 여성 참가자였다. 또 한쪽에는 70대로 보이는 혼성 그룹이 양손에 스틱을 들고 노르딕 워킹(전용 스틱인 노르딕 스틱을 사용해 걷는 운동)을 준비하고 있었다.

이 대회를 참가하기 위해 누군가에게는 끌어줄 이가 필요했고, 누군가에게는 보조기구가 필요했다. 시작하자마자 어떤 이들은 전속력으로 달릴 것이고, 어떤 이들은 천천히 걸을 것이다. 하지만 어느 쪽이든 상관없었다. 제한 시간이 없는 10킬로미터 대회에서는 누구에게나 완주의 기회가 열려있었다. 혹여 결승선을 통과하지 않는다 해도 끝까지 최선을 다했다면 그 자체가 '완주'였다.

대학을 졸업한 후 '미완(未完)'이라는 꼬리표가 그림자처럼 따라붙었다. 친한 대학 동기들은 졸업하기도 전에 취업을 했다. 4학년이 되고 연락이 뜸했어도 싸이월드에 들어가면 직장 이름까지 알 수 있었다. 사상 최악의 취업률이라더니 공사, 언론사, 대기업 등 누구나 알만한 직장에 들어간 동기들을 보며 혼란스러웠다.

나만 빼고 다 각자의 길을 잘 가고 있구나, 라는 부러움과

질투, 나만 같은 자리에서 맴돌고 있는 것 같은 불안, 경기 불황 탓에 일자리를 줄인 사회에 대한 분노가 혼재했다. 1년 넘게 취업 준비생으로 살다가 전 직원이 세 명인 홍보대행사에 들어갔다. 첫 직장에서는 1년을 버티지 못했고, 두 번째 직장에서는 2년을 버티지 못했으며, 세 번째 직장에서는 3년을 버티지 못했다. 죽도록 일만 하고 버티지 못하는 나를 보며 엄마는 늘 속상해하셨다. 힘들게 일하는 건 누구보다 안타깝지만, 남들처럼 3년이든, 5년이든 일단 들어갔으면 진득하게 버티길 바라셨을 것이다.

설계부터 제조 단계를 지나 품질 검사까지. 정해진 단계를 거쳐 완벽한 제품이 탄생하듯 인생에도 일종의 단계가 있다고 생각했다. 품질 검사는커녕 제조 단계 어디쯤에서 삐끗해 다음 단계로 넘어가지 못하는 미완품, 그게 나라고 생각했다. 우리의 인생은 그리 단순하지 않다는 걸, 각자의 단계가 같으려야 같을 수 없는, 매우 복합적이고 미묘한 존재가 인간임을 그때는 잘 알지 못했다.

불량품, 양품, 우량품, 정품으로 인간을 분류하고 낙인을 찍는 사회 속에 정품, 아니 최소한 우량품이라도 되고 싶어 필사적으로 버텼다. 하지만 인생은 그 분류에 휩쓸리지 않고,

나만의 마라톤을 완주하는 것이라는 걸 마흔을 앞두고서야 깨달았다.

마라톤 대회를 나가면 일면식도 없는 수많은 사람들이 단지 내가 달리고 있다는 이유만으로 아낌없는 박수와 응원을 보낸다. 선두그룹에 있던 후미그룹에 있던 중요하지 않다. 오히려 속도가 느려도 끝까지 포기하지 않는 이들에게 더 많은 격려와 응원이 쏟아진다.

우리는 각자의 길 위를 달리는 마라토너다. 남은 거리와 제한 시간은 다르지만, 엄마 뱃속에서 나와 세상의 빛을 본 순간부터 완주를 향해 나아가야 한다. 42.195킬로미터를 쉬지 않고 달려야 하는 마라톤에는 어려운 고비가 끝없이 찾아온다. 끝나지 않을 것 같은 오르막길 구간이 있고, 다리가 말을 듣지 않는 사점이 오기도 한다. 포기하려 했다면 이미 수백 번은 포기했을 순간들이다.

그럼에도 앞으로 나아갈 수 있는 건 함께 달리는 이들, 거리로 나온 시민들의 응원, 그리고 끝까지 지켜봐주는 이들이 있기 때문이다.

"조금만 더 가면 돼요. 결승선까지 얼마 안 남았어요!"

"너무 힘들면 잠깐 걸었다 가요. 괜찮아요."

"잘 달리고 있어요! 너무 무리하지 말아요."

"내가 페이스메이커가 되어줄게요."

"여기 물 있어요. 끝까지 힘내세요!"

마라톤 대회에서뿐만 아니라 자신만의 인생 마라톤을 뛰고 있는 서로를 향해 이처럼 진심 어린 응원을 보낸다면 어떨까. 분명 죽을 것 같았는데 신기하게 앞으로 몸이 나아가고, 포기하려고 했는데 조금 더 가보고 싶어질지도 모른다. 그렇게 우린 서로의 완주를 함께 완성해 나갈 수 있다.

달리기를 만나기 전 몇몇 스쳐 간 인연이 있었다. 첫 인연은 요가. 홍보대행사를 다닐 때 야근을 자주 했고, 목과 어깨 통증을 매일 같이 달고 살았다. 굳어 있는 근육을 풀어주려고 집에서 가까운 요가 학원에 등록했다. 하지만 퇴근하고 집에 오면 뻗어버리기 일쑤였고, 15분을 걷는 것도 귀찮아 수업을 자주 빼먹었다. 결국 재등록을 하지 않아 한 달짜리 인연으로 끝이 났다.

지인의 추천으로 시작했던 볼링도 있었다. 공까지 살 정도로 열정적이었지만, 몇 번 해보고는 사물함에 박아두고 찾으러 가지도 않았다(그 공은 아마 나를 두고두고 원망했을 거다).

"유선아, 너 체력이 너무 약해. 당장 헬스 등록해."

친한 언니의 압박에 집 앞 헬스장을 등록한 적도 있었다. 우락부락한 분들 사이에서 기가 죽어 웨이트 쪽은 가지도 못했고, 기구는 많은데 사용법을 몰라 러닝머신이나 조금 뛰다 오는 정도였다. 한 달의 반도 못 채우고 그만뒀다. 내 기억 속에서 가장 짧은 인연이었다.

다음 인연은 실내 클라이밍이었다. 아일랜드에 오기 전부터 남편은 실내 클라이밍을 해왔고, 자신이 가르쳐줄 수 있으니 함께 해보자고 했다. 암벽화, 하네스, 로프 등 준비물이 많아 귀찮았지만 모두 클라이밍 체육관에서 대여할 수 있는 것들이었다. 문제는 이 용품을 어떻게 사용해야 하는지 하나씩 배워야 했다. 하네스 착용 방법, 로프 매는 법, 파트너가 클라이밍할 때 밑에서 로프를 조절하는 방법 등 제대로 익히지 않으면 안전사고라도 날까봐 바짝 긴장하며 들었다.

특히 고소공포증이 있는 나는 올라갈 때보다 내려올 때 훨씬 더 큰 두려움을 느꼈다. 7미터 정도를 겨우 올라가기는 했는데, 도저히 내려올 자신이 없었다. 절대 밑을 보지 말아야 했는데, 나도 모르게 바닥을 봐버렸다. 그 순간, 높이가 확 체감되면서 공포감에 사로잡혔다. 벽에서 손과 발을 떼지 못하고 한참 동안 씨름하다 결국 눈물을 터뜨리고 말았다. 이 공중오열 사건 이후 클라이밍과는 완전히 멀어졌다.

이처럼 장비가 필요하고, 특정한 장소에 가야 하며, 누군가에게 배워야 하는, 즉 거쳐야 할 단계가 많은 운동은 지속적으로 하기가 어려웠다. 하지만 달리기는 참 단순했다. 이미 내가 걸음마를 떼었을 때부터 뛰는 법을 알고 있었으니, 따로 배울 필요가 없었다. 특정한 장소에 가지 않아도 오랫동안 나아갈 수 있는 충분한 공간만 있으면 됐다. 게다가 장비도 필요 없었다. 그냥 운동화만 신고 밖으로 나가면 주로의 시작이었다. 다른 운동과 달리 달리기를 몇 년째 이어올 수 있었던 이유는 나를 고민하지 않게 만드는 이 '단순함' 때문이었다.

일이 바쁜 날에는 이른 아침이나 점심시간에 짬을 내 달리고, 여행을 가면 아침 일찍 일어나 조식을 먹기 전에 달린다. 속상한 일이 있었던 날엔 털어내기 위해 달리고, 기분 좋은 일이 있었던 날엔 기쁨을 더 만끽하기 위해 달린다. 더운 여름엔 뜨거운 해를 피해 달리고, 추운 겨울엔 몸을 보호하기 위해 단단히 입고 달린다. 이렇게 언제든, 어디서든, 어떤 상황에서든 한결같이 달릴 수 있게 된 것이 내가 삶에서 얻은 가장 값진 열매다.

사람들은 저마다 다양한 이유를 가지고 달리기를 시작한다. 나는 살고 싶어서 달렸다. 아일랜드에서 계절성 우울증에 걸렸고, 사는 것이 좀처럼 즐겁지 않았다.

'달리기를 하면 정말 이 우울과 무기력에서 벗어날 수 있을까? 삶이 조금은 더 나아질 수 있을까?'

확신은 없었지만, 물에 빠져 죽지 않으려면 지푸라기라도 붙잡고 물 밖으로 나가야 했다. 영어를 써야 하는 직장에 들어가고 나서는 끊임없이 남과 나를 비교했다.

'왜 나는 이렇게밖에 말할 수 없을까. 왜 저들처럼 안될까?'

내가 바라보는 나는 늘 부족함으로 똘똘 뭉쳐있는 실패자였다. 그런 시간 속에 달리기는 저울의 영점을 맞추는 것과도 같았다. 저울이 0에 맞춰져 있지 않으면 언제나 값은 틀릴 수밖에 없다. 모난 비교 의식과 열등감 위에 삐딱하게 놓인 저울 값은 늘 마이너스였다.

하지만 달리기는 저울을 평평한 바닥에 올려놓았다. 그제야 바늘이 0을 가리켰고, 진짜 '나'가 보이기 시작했다. 토마토처럼 붉게 상기된 얼굴, 땀에 젖은 몸, 세상에서 가장 못생겨 보였지만 세상 누구보다 환하게 웃고 있는 내가 있었다. 달리는 동안 진정으로 살아있음을 느꼈다.

남의 시선을 의식하지 않고, 천진난만하게 즐기는 나를 보는 것이 행복했다. 그때부터 달리기는 더 이상 운동이 아니라 내 삶의 일부가 되었다.

달리기 덕분에 인생의 목표까지 바뀌었다. 원래 목표는 '죽기 직전까지 두 다리로 서고, 내 다리로 걷자'였는데, 이제는 '죽기 직전까지 내 두 다리로 달리자'가 되었다.

러닝계의 시장으로 불리는 미국의 장거리 러너, 바트 야소가 했던 말이 떠오른다.

'달리기가 데려다줄 수 있는 세상에는 경계가 없다. 그것이 길 위이든, 마음속이든, 몸 속이든.'

내가 지금까지 달리기를 통해 경험한 모든 것이 그의 말에 녹아있다. 처음엔 5분도 달릴 수 없었던 내가 하프 마라톤을 완주했다. 그리고 몇 달 뒤에는 이탈리아 피렌체에서 풀 마라톤에 도전한다. 1킬로미터만 쉬지 않고 달렸으면 좋겠다는 바람이 5킬로미터, 10킬로미터, 20킬로미터가 됐고, 이제는 42.195킬로미터 풀 마라톤을 바라본다. 풀 마라톤 이후에는 또 어떤 세상이 나를 기다리고 있을까.

오래오래 건강하게 살아야겠다.

남은 인생, 달리기가 어디까지 나를 데려다줄지 궁금해서 견딜 수가 없다!

우리 모두의 달리기는
특별하다

"유선 씨, 달리면 뭐가 좋아요?"

주변에서 종종 이런 질문을 받는다. 달리기에 관심은 있지만 아직 시작하기를 주저하는 이들이다. 달리기를 사랑하는 만큼 이런 질문을 받을 때마다 달리기의 좋은 점을 마구 퍼뜨리고 싶은 충동에 휩싸인다.

"달리면요? 우선 심폐지구력이 향상돼요. 심장이 튼튼해야 체력도 강해지거든요. 그리고 유산소 운동이니까 다이어트에도 좋죠. 칼로리가 엄청 소모돼요. 아, 그리고 유튜브를 보니까 뇌 건강에도 좋다고 하더라고요. 집중력 향상이랑 치매 예방에도 도움이 된대요. 그리고 또…."

이렇게 침이 닳도록 말하고 싶지만, 항상 이렇게 대답한다.

"달리기를 하면 제가 살아있는 것 같아요. 처음에 건강을 위해서가 아니라 살기 위해 시작했어요. 아일랜드에 있을 때 우울증이 왔거든요…."

예상 외의 답변이라 흠칫 놀라는 이들도 있다. 사람을 살리는 달리기라니…. 자칫 너무 진지해질 수 있는 분위기를 바꾸려고 이내 몇 마디를 덧붙인다.

"달리는 거 생각보다 어렵지 않아요. 처음엔 2분 걷고 2분 달려보세요. 몸이 괜찮으면 더 달리고, 힘들면 중간에 쉬어도 괜찮아요. 스마트폰에 좋아하는 노래를 가득 담아서 운동화 신고 그냥 밖으로 나가세요. 진심으로 응원할게요!"

그러고 나서 얼마 지나지 않아 꼭 현타(현실 자각 타임)가 찾아온다.

'내가 뭐라고 그런 조언을 했을까.'

그렇다. 난 달리기를 제대로 배워본 적도 없다. 소속된 크루? 그런 거 없다. 유일한 러닝 메이트는 남편이다. 그저 집 근처 포도밭에서 일기 쓰듯 달릴 때가 가장 행복한 동네 러너다.

달리기에 대한 정보라면 온라인에 이미 차고 넘치고, 유익한 책들도 시중에 많이 나와 있다. 그럼에도 불구하고 달리기에 관한 책을 써야겠다고 결심하게 만든 두 개의 매개체가 있다. 하나는 무라카미 하루키의 에세이 《달리기를 말할 때 내가 하고 싶은 이야기》이고, 다른 하나는 기안84의 유튜브 영상 중 '생존과 달리기' 편이다. 하루키는 책에서 '나는 소설 쓰기의 많은 것을 매일 아침 길 위를 달리면서 배워왔다'고 말한다. 또한, 기안84는 약을 아무리 먹어도 치료되지 않던 공황장애를 달리기로 극복한 스토리를·전했다.

이들에게 달리기는 단순한 운동이 아니라 삶을 이끌어가는 축이었다. 즉, 달리기를 말할 때 하고 싶은 이야기는 곧 삶에 관한 이야기였다. 마찬가지로 내 삶도 달리기와 깊이 맞닿아 있다. 아일랜드에서 찾아온 우울증, 해외에서 이방인으로 살며 끊임없이 싸워야 했던 외로움과 열등감, 이를 받아들이고 극복하는 삶의 여정 속에 고스란히 나만의 달리기가 녹아있다.

유럽에 사는 10년 동안 나라를 세 번이나 옮겼다. 아일랜드, 포르투갈, 이탈리아. 새로운 나라에 정착하고 한 해, 한 해가 지날 때마다 달리기의 의미도 달라졌다. 해외생활을 처음 시작한 아일랜드에서는 우울하고 무기력한 삶에 활력을 불어넣어준 인공호흡기였다. 이탈리아로 가기 전 휴게소처럼 잠시 머물렀던 포르투갈에서는 처음으로 대회에 참여하고, 해변가에서 다양한 러너들을 만나면서 나만의, 그리고 나다운 달리기가 무엇인지 발견하게 되었다. 그리고 현재 살고 있는 이탈리아에서는 달리기와 평생 함께 가기 위해 어떤 삶을 살아야 할지, 고민하며 실천으로 옮겨보고 있다.

그동안 달리기에 대해 주저함이 있었던 분들이 이 책을 읽고 조금 더 나아가 볼 용기를 얻었다면, 이보다 더 기쁠 일은 없을 것 같다. 하지만 오해는 없길 바란다. 달리기가 인생의 모든 어려움을 치료해주는 만능 특효약은 아니다. 그렇지만 인생을 살아가는 데 든든한 디딤돌이 되어줄 것이라는 건 누구보다 확신한다. 단, 어떤 모양의 디딤돌이 될지는 아무도 모른다. 오직 달리는 당신만이 알 수 있다.

달리기를 시작하는 순간, 그 어디에도 존재하지 않던 당신만의 이야기가 펼쳐질 테니까.